旅欧游学杂记

傅小勇◎著

中国金融出版社

责任编辑：张智慧
责任校对：潘　洁
责任印制：张也男

图书在版编目（CIP）数据

旅欧游学杂记（Lvou Youxue Zaji）/傅小勇著. —北京：中国金融出版社，2017.6

ISBN 978 – 7 – 5049 – 8985 – 7

Ⅰ.①旅…　Ⅱ.①傅…　Ⅲ.①游记—作品集—中国—当代　Ⅳ.①I267.4

中国版本图书馆CIP数据核字（2017）第089022号

出版
发行　　中国金融出版社

社址　　北京市丰台区益泽路2号
市场开发部　　（010）63266347，63805472，63439533（传真）
网 上 书 店　　http://www.chinafph.com
　　　　　　　　（010）63286832，63365686（传真）
读者服务部　　（010）66070833，62568380
邮编　　100071
经销　　新华书店
印刷　　北京侨友印刷有限公司
尺寸　　169毫米×239毫米
印张　　17.75
字数　　277千
版次　　2017年6月第1版
印次　　2017年6月第1次印刷
定价　　88.00元
ISBN 978 – 7 – 5049 – 8985 – 7
如出现印装错误本社负责调换　联系电话（010）63263947

现在离从瑞士回国刚刚过去 3 个月，但在回忆上有一种相隔很长时间的感觉。

几天前，一起去瑞士的几个同学发了几张在奥斯陆、里斯本的合影，大家都说怀念，大概是越发觉得在国外期间的心境和需要处理的事情与回国后多有不同。这两种生活状态没有优劣之分，但这种差异性确实增加了那段生活对我的价值。

有两个片段记忆很深刻。第一是看极光。我们到达特罗姆瑟的第二天，下午 3∶30 天就完全黑了，5∶50 的时候我们到达了集合地点，之后导游开车带我们去找看极光的最佳观测点。因为要避免光污染，车开着开着就进入了没有路灯的山间公路，只有前车灯照亮前面的路，像是进入了一片未有人迹的旷野。到了一个冰湖附近，导游让我们下车等一段时间，看看有没有可能用眼睛捕捉到极光的身影。当时是零下 4 摄氏度，我们穿上防寒服，四周没有任何亮光和声响。那是我经历的最难忘的等待：紧张、兴奋、企盼，这种期待美好的状态本身似乎超过了看到极光给我的震撼。第二是在巴塞罗那。第一天晚上 7 点左右到了中央火车站，离住的酒店有 2000 米，需要徒步走过去。当时刚从北纬 70 度的地方飞过来，走在路上一下子觉得气候特别舒服，既温暖又清爽。刚好经过一个公园，看到有整齐的路灯，亮度不昏暗也不耀眼；一边有一小块足球场，铺着草皮，有几个像是还在上小学的孩子正在踢球。觉得这个城市有一种莫名的感染力。

旅行时很重要的心态就是新奇、愉悦感。尤其是当我们的行程基本是每个城市就住一两天的时候，感觉每一天都是不可复制的。回头想想确实有在内容上乏味的景点，比如大大小小的所谓地标式的教堂去了几十个，但在形式上是很新鲜的。就算踏入了两个建筑风格全然一致的教堂，如果一个在午后的晴天，一个在濛濛的雨天，那么在感受上也完全不一样，即使是人文景观也会有"四时之景不同而乐亦无穷"的体会。甚至觉得旅游的一天本该就是愉悦的，所以哪怕走了一两公里找到一家菜肴精致的餐厅，都会在旅行途中反复品味这种欣愉。"一个愉快的人总有他高兴愉快的原因，原因就是：他是一个愉快的人。一个人的这种愉快气质能够取代一切别的内在素质，但任何其他好处都不可以替代它。"要是能在平时学习、工作、生活中的某一天中拥有旅行时那种无忧无虑、充满新奇的心态，那么多少可以说在旅行中有所获益。

记得之前看叔本华《人生的智慧》里说，人最终追求的还是幸福。当时不以为然，觉得自我禀赋的实现更宏大。但现在反过来看，幸福似乎却成了最大的命题。不像人们通常所想的那样，即如果以追求幸福为终极目标，那么会很容易达成而使人碌碌无为。相反，追求幸福绝不是容易的，每个人的幸福感具有极大不同。康德在论证人的道德义务时，举了一例，说当时南太平洋岛的岛民每天在很优渥的自然条件下生活，很幸福但没有完成自身禀赋的实现。然而，我认为，这里一个很重要的假设是他们能够拥有的条件和他们感受到幸福的方式相符合，即能够生活在这样好的自然条件下本身构不成幸福，而他们恰好也享受这种生活方式才更加关键。很多人认为每天无所事事、吃喝玩乐会幸福，但很少有真正吃喝玩乐的人说他们幸福，因为大部分人即使有这样的条件，也会陷入巨大的无聊或是来自外部与自我的愧疚。所以人生很大一部分使命正在于这两件事情：发现使自己幸福的方式，并创造出这种条件。由于每人获得幸福的方式不同，创造这种条件的难易程度也不一样。一个自给自足的隐士在创造幸福的条件上可能简单，但有这种从独处中获得幸福的能力却需要极大的天赋或是努力。我始终认为，或是在异国他乡游学，或是在不同境遇下生活，最大的"功用"，并不在于创造幸福的条件，而在于找到使自己幸福的方式，因为人们不直接与创造幸福条件的生活轨迹相联系，于是有更大的意愿和能力去挖掘后者。人们极为熟悉的是为创造共性的幸福条件所付出的努力：作为中学生，高考；作为大学生，读研、工作；作为上班族，挣钱、升职；等等。但忽视的是追寻作为个性的幸福这一前提。这需要我们去走、去看、去等待、去体悟。

傅小勇

2017 年 3 月于北京大学

目 录 / CONTENTS

2016 年 9 月 8 日　星期四　GMT+2 08:13
47.479° N,950463° E

　　本来是 7 日凌晨的飞机到瑞士，结果晚点，到了中午 11 点才起飞。到瑞士是下午 4 点，又坐了一个多小时火车，到了住的地方。路途比较辛苦，但居住的地方离博登湖很近，风景不错。当晚和房东聊了聊，然后把选的课落实了。

今天早上起得比较早。和同学一路下山，走了 15 分钟到达湖边。湖水非常清澈，在宁静的早晨，紧邻火车站的湖边却显得格外幽静。

回来后房东准备了早餐。草莓酱是院子里种的，口感不错。

和房东交谈中，发现确实有一些生活方式不太一样。最明显的是垃圾分类，他们都要把不同的垃圾扔进家里不同的垃圾箱，然后再分别扔进社区的垃圾箱。比起直接都扔进一个垃圾箱，分类的做法很麻烦，但也见到瑞士人环保意识很强，因为这确实是他们的习惯，所以我们也跟他们学，把垃圾大体分个类。还有厨房卫生也做得很干净，说已经有 22 年了，但一点不脏。

车票买了瑞士通票。关于乘车，比较有特色的是他们没有检票机，也几乎没人查票，所以坐车买不买票主要靠自觉。瑞士交通费用很贵。

晚上去德国超市买东西，和瑞士比起来价钱便宜不少，食材的价格几乎是 5 倍左右。

2016 年 9 月 9 日　星期五　GMT+2 19:07
Bodensee, Horn, 图尔高州 , 瑞士
23℃ Mostly Sunny

　　今天上午去当地市政厅办手续。

　　下午和同学借了房东两辆自行车，围着湖边骑，阳光、草坪、湖水都很美。一共环湖骑行了 16 公里。骑累了在榕树下休息，看湖中鸭子自由地游着，觉得当地生活的一部分是很舒适而惬意的。

2016 年 9 月 10 日　星期六　GMT+2 21:36

　　今天出发去卢塞恩，卢塞恩的景点是花桥、城墙、狮子的雕塑和一个冰河公园。其中悲伤的狮子象征为法国皇帝效力的大批伤亡的瑞士军人，联结着后来瑞士的中立态度。下午乘游船前往 Rigi 山下的小镇 Weggie，坐火车上的山，山顶很开阔，有很多滑翔机，然后坐缆车下山。

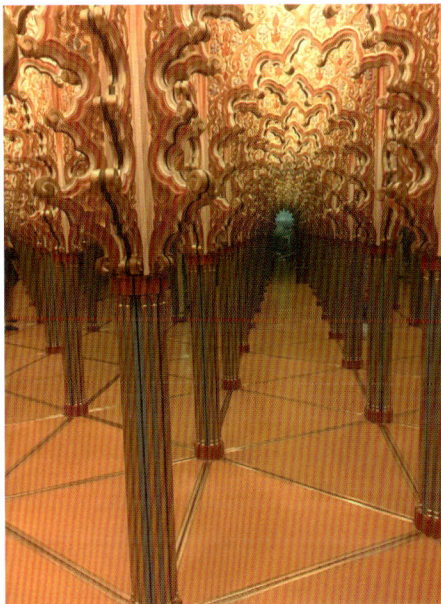

　　晚上在卢塞恩市中心吃了晚饭，在湖边等车，看到湖对岸的教堂和黑色的湖水，听到周围酒吧的喧闹和湖水拍打湖岸的声音，感到被一种适合冥思的肃穆气氛包围。觉得有时候发呆也是一种享受，身体略带疲惫，精神慵懒而不涣散，却颇有一种宁静的幸福感。

2016 年 9 月 11 日　星期日　GMT+2 15:51

　　今天游览伯尔尼，是瑞士的首都，但完全没有繁华的感觉。因为是周日，很多商店都关门了，街道上很空旷。伯尔尼的景点都离得很近，基本靠走路就能把景点逛一遍。景点包括钟楼、喷泉雕塑、市政厅、熊公园、爱因斯坦博物馆。其中熊公园是公园中间有熊，人在坡下面欣赏溪流，有点意思，但最有感触的还是爱因斯坦博物馆。

　　爱因斯坦 16 岁时搬到瑞士，当时他考取了瑞士的大学，并在伯尔尼完成了最著名的相对论的写作发表。爱因斯坦致力于物理、数学研究，他读书时希望做一名教授物理、数学的老师。但后来毕业在一个专利局做文职人员。爱因斯坦辞了工作，之后才找到大学里的教职，刚开始只是讲师。26 岁时狭义相对论的发表使他名气大振，后来当上了教授。

　　参观完之后有两点很有感触。第一是听到一段介绍，说爱因斯坦广义相对论提出四项假说，其中三样被证实是对的，有一项迄今没有证实，

就是引力波的存在。但事实上应该是导览器没能及时更新，今年科学家已经证实了引力波的存在。当时很感动，觉得一个人能用自己的力量证明出几十年后人们才有能力证实的事情，是很神圣的、发挥了理性极致的。

第二点是爱因斯坦的选择，他本来是在瑞士的专利局，也就是国家机关工作，但最终选择从最初级做起当一名讲师。记得李泽厚在《走我自己的路》里面引用过爱因斯坦自传的一段话，"诚然，物理学也分成了各个领域，其中每一个领域都能吞噬短暂的一生，而且还没有满足对更深邃知识的渴望。我不久就学会了识别出那种能导致深邃知识的东西，而把其他许多东西撇开不管，把许多充塞脑袋，并使它偏离主要目标的东西撇开不管。"

这次游览伯尔尼，发现旅行的好处有时在于意外的收获，一些思考会由此触发，而这些思考可能比旅行本身见到的更加宝贵。

2016 年 9 月 12 日　星期一　GMT+2　15:32

阿莱奇 , Mürren, 伯尔尼州 , 瑞士

22℃ Partly Cloudy

　　今天在因特拉根，先游览雪朗峰，下火车后步行了 1 个多小时到达小镇，然后坐缆车到达山顶。雪朗峰是 007 系列中一个电影的拍摄地，可以看得到少女峰，但海拔低了 1 千米。登山过程中觉得自然的景物极为宏大，古人登临抒怀，良有以也。

　　下午坐车前往伯尔尼。找到酒店经历一点波折，最后 11 点多到达。

2016 年 9 月 13 日　星期二　GMT+2　17:27
3770, Zweisimmen, 伯尔尼州 , 瑞士
28℃ Partly Cloudy

今天上午逛日内瓦，简单看了联合国的万国宫，但由于时间原因没能进去参观。

之后骑车去大喷泉。大喷泉在日内瓦湖上，湖边很多人在晒太阳、下湖游泳，生活很惬意。湖水十分清澈。这种自然、人文景色很能体现瑞士的悠闲。

之后乘坐观光列车到塞尔玛特。

2016 年 9 月 14 日　星期三　GMT+2　16:11

Vispastrasse 32-52, 塞尔玛特 , 瓦莱州 , 瑞士

3℃ Fog

　　今天在马特洪峰，下午乘车返回圣加仑。

　　上山也是徒步走了三四个小时。徒步和乘缆车多少有些不同，更能体会到大自然的壮丽。外国的步道修得比较粗糙，外面没有护栏，但并不危险，不是那种悬崖。马特洪峰下面有几个湖，从湖边看山更有一番景色。

　　登山和看水感受是不同的。登山更多的是波澜，感受自然的壮阔，"会当凌绝顶"，是心情的上扬。看水更多的是平静，让心情沉浸在柔和与安于现状中。两者都不可少。

2016 年 9 月 15 日　星期四　GMT+2　13:36

今天下午去圣加仑大学报到，有老师进行了一些基本介绍。圣加仑全校有 8000 人左右，和我们一样的留学生有 400 多人。

在介绍时有两点比较独特。一是说圣加仑大学每年有 80 场公共讲座，对社会开放，属于一种社会责任的体现。这种公开讲座在北大、清华倒是不多见，中国的学校讲座大多针对学生。二是特地说了一下垃圾分类的问题。瑞士有两种垃圾袋，一种是黑色的，一种是绿色的。绿色的袋子很贵，2 瑞郎一个，黑色的相对便宜。这是因为绿色的袋子可以放在路边，垃圾车会来收，而黑色的袋子垃圾车不收，需要自己处理。用这种做法来促进瑞士人合理处理垃圾。

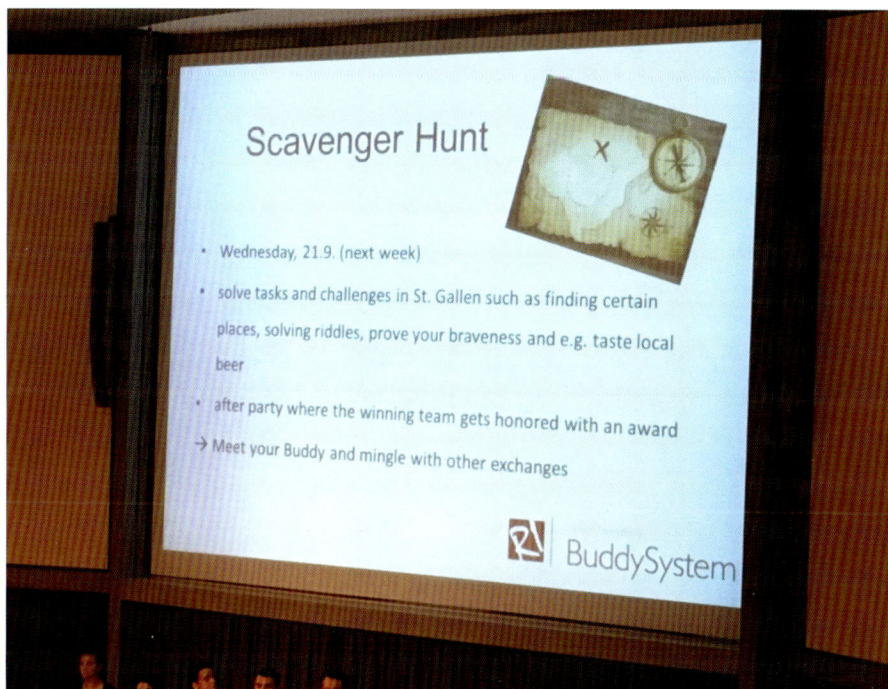

2016 年 9 月 16 日　星期五　GMT+2　14:22
Universität Sankt Gallen, St. Gallen, 圣加仑, 瑞士
20℃ Mostly Cloudy

今天一觉睡到 11 点，吃了早饭，之后还是去圣加仑大学，学习如何使用当地的校园网。

晚上理了理东西，有时间背了背单词，还下了两盘棋。有闲的时候下盘棋也是很高兴的事。

2016 年 9 月 17 日　星期六　GMT+2　22:34
Via Moscia 37, Ascona, 提契诺州 , 瑞士
17℃ Showers

　　今天白天坐火车到达卢加诺，吃完午饭，下午乘坐小火车到湖边的 Bre 山上逛了一圈。山不高，所以景色并不十分壮美。晚上去奥莱购物。

　　晚上 10 点多下公交车徒步环湖走到宾馆，在夜晚湖边见到的景色很特别。虽然白天的湖是清澈见底的，但夜晚的湖很黑，浪使得船左右摇摆，远处还有闪电，有一种压抑恐怖的气氛。

2016 年 9 月 18 日　星期日　GMT+2　14:05

今天在洛迦诺、贝林佐纳游览。

上午去宾馆旁的湖边公园，景色惬意。远处的云悠闲地怀抱着群山，湖面清澈，野鸭三两只，湖中细石可见。近处是一个沙洲，"汀上白沙看不见"，其上有三棵树，排列整齐，又似无人为修剪的痕迹。从驻足之处到沙洲不过五步，却没有成堆突起的石块，过去须得涉水，又有一层支离的仙逸。看到沙洲第一句浮现的是"竹喧归浣女，莲动下渔舟"，眼前是水镇欢乐而不失宁和的劳动气息；而远处的山则是"水流心不竞，云在意俱迟"，又令人神游四方了。

　　旅游时很爱放松坐在长凳上，只是静静地吮吸着眼前的风景，觉得唯有身体的停歇，思绪才能自由地流动。宁静的山水给人一种时间的绵延，想到中国的大多先贤势必没有机会见过外国的山水，而这山水又多少与中国任意一处悠闲的胜景有所不同。也许中国有山水画似的"孤舟蓑笠翁"，把人置身在原始、孤寂的自然画卷中；但瑞士的风景更像是"自然的人化"，湖边的草坪似有若无，仿佛是闲懒的园艺工人不经意间修裁，而这种美的韵味恰在这"不经意"。王阳明在龙场时想到孔子，说出"圣人处此，更有何道"，而他从苦山厉水中磨炼的心性，若是处在这般宁远的天地，不知会发出怎样的慨叹。我想这种静观也是灵修的方式。

　　一个人置身于时间和空间的阔大中，自觉会有一种跨越个人的使命感。类似于几天前拜访爱因斯坦博物馆时的感受，很羡慕一生奉献于某种宏大图景，或是追求真理，或是影响历史进程。

下午到贝林佐纳游览。看了一个城堡，是山之间的隘口，据说是从意大利地区进入阿尔卑斯山区的唯一通道。城堡里面还有一个博物馆。

晚上返回圣加仑。上学期间时间比较多，希望背一背单词。

2016 年 9 月 19 日　星期一　GMT+2　17:27

今天第一天上课。早上 11:05 出发，赶 11:20 的火车，到圣加仑 11:34，然后等了十几分钟公交车，大概 12:10 到教室，12:15 上第一节课，是财务报表分析。

财报分析课一是老师语速比较快，二是财务的知识是大一学的，有点遗忘，所以听课有点费劲。本来是四个小时的课，老师讲了两个小时，剩下两个小时让我们做题。外国学生上课也都是先举手等老师点他再说话，并没有讨论式的那种活跃。这门课想买一本书，但书店教材比较贵，看看能不能在网上买。

之后去打了乒乓球，还有两个外国人打得也不错，四个人双打玩了一小时。

晚上是 matlab 的课，从基础教起，上课讲得也有意思。

2016 年 9 月

2016 年 9 月 20 日　星期二　GMT+2　22:47

今天早上没课，10 点起来，煮了两个鸡蛋，热了一碗牛奶，吃了一点同学做的牛肉和土豆、饼。

上午做了 20 道 GRE 题目。中午午睡 40 分钟，起来背了背单词。打了八段锦、太极拳，吃了一根香蕉、一个苹果、一个梨，喝了一杯热水。3 点出发赶火车到圣加仑。路上有点秋天的寒意，没有遇到几个人，毕竟是人不多的小镇。

今天上的课是一门类似于历史的课。关于 17 个物件，关注每个物件的发明在历史上的前因后果。老师是美国人，讲课风格也和瑞士教授不同，很活跃，鼓励大家发言。我还回答了三个问题。这堂课还是有些启发。他说大部分物件的发明都和历史事件有关。比如菜单的发明，可以和法国的革命联系起来。革命后，一些法国人离开本国，一些法国厨师到欧洲开了餐馆，为了更方便告诉顾客菜品，于是开始有了菜单。

这门课思考的内容很新颖。以前不觉得一个物件或发明可以考据，但这门课提供的思路是历史事件也都是有内在逻辑的。所以历史书上学习的事件其实不单单是事实，也是一种框架，有了大的历史事件，小的历史事件可以用逻辑找到关联。

2016 年 9 月 21 日　星期三　GMT+2　15:34

　　今天没课，早上睡到 10 点半，吃了一个鸡蛋、一碗玉米糊、米饭和鸡腿、西红柿炒鸡蛋，吃了一点水果。

　　中午睡觉，起来做了 10 道 GRE 习题。下午跟同学去德国采购，买了一些饮料和肉。晚餐在德国吃的，意大利面量很多，价钱比瑞士便宜差不多一半。

　　最近德国买东西的体验引发了一些关于物价水平的思考。第一是为什么会存在显著的价差。非常明显的例子是，一模一样的一瓶雀巢饮料，在瑞士邻近德国的车站罗曼夏尔自动售货机中卖 2.50 瑞士法郎，而在下一站，也就是德国的车站康斯坦丁的自动售货机卖 1 欧元（欧元和瑞士法郎兑换几乎 1:1）。这两站坐车不到 10 分钟，而且没有任何边境检查之类。这在中国很难想象，别说是 2.5 法郎（约合 17 元人民币），就是 2.5 元人民币，一个十几公里的距离也很快会因人们的频繁套利而消除价差。当然在中国也有一种情况，比如黄山等旅游景点，确实东西卖的贵，但也多半是因为商品运货上山的运输成本，而德国康斯坦丁和瑞士罗曼夏尔这种基本没有运输成本的两地，物价如此悬殊，我觉得是一个很有趣的经济现象。在以前学习的理论中，一般认为价差的存在是因为缺乏套利的空间，比如空间上的运输成本，或是一些无法转移的因素（比如人力资源）；但在这个例子中并不适用。我猜想一个可能的解释是从行为经济学的角度，套利者从套利中得来的经济收益被该行为本身的道德约束所抵消。比如我们曾经问过房东，问她为什么不去德国买东西，她说她是瑞士人，享用着瑞士政府的福利，觉得有义务在瑞士消费，从而把税交在瑞士。在火车上遇到一个瑞士大学生，她也说不会去德国买东西，给出的原因也相同。这种公民意识很少纳入传统经济学的考量，但我觉得对于这个特定的案例却是关键性的因素。这说明套利不仅仅是被空间距离所决定，还可能和从事套利活动的人自身的价值判断有关。

第二是这种价差的存在是否合理。所谓是否合理，就是这种价差的存在是否利于经济的发展。从直觉讲，套利行为虽然是利己的，但绝大部分客观上是有利于社会发展的，因为平衡了供求关系，消除了价差。假设价差的形成确实很大程度上取决于瑞士人的公民意识，那么这种高素质的公民意识实际上是对价格信号的扭曲，使市场变得失去效率。

第三是存在物价水平差异的根本原因是什么。如果就从这两个售货机中饮料的价格分析，使用厂商定价的框架，那么一般来说，订的价格是供需比较平衡的点。在这个价格水平上，售价减去成本再乘以数量得到的利润最大。按这个逻辑，那就说明这种饮料在瑞士的需求弹性远小于德国。这显然不是一个合理的解释。

这三个问题觉得都有继续思考的空间，可以了解一下相关的经济学知识。

另，关于边界的价差，记得读过一篇经济学论文，就是利用交界的价格差异衡量区域间的区别，因为去掉了空间上的差异，是一种巧妙的控制变量的方法。

2016 年 9 月 22 日　星期四　GMT+2　13:48
47.5455° N, 9.68424° E

今天上午上课，是战略管理课，据说是圣加仑最有名的一个课。老师说他之前自己经商，后来做咨询，现在仍然在一边当教授，一边做咨询行业，用户有很多家企业。我对战略的理解是知道它很重要，但觉得有些夸大的成分，没有很实际地觉察战略的作用。希望通过这门课能有新的认识。

下午乘船到德国林道，这是个美丽的小岛城镇。中午吃了煎鱼，这边做鱼味道都不错。晚上体验了一下德国啤酒和牛排，味道非常好。感觉比起瑞士，德国更宜居，食品很好吃也便宜。顺便买了下周的食材。

2016 年 9 月 23 日　星期五　GMT+2　15:17
Thalerstrasse 4, Rorschacherberg, 圣加仑 , 瑞士
17℃ Mostly Sunny

　　今天上午 10 点多起床，做了一课 GRE，蒸了春卷，洗了衣服。吃了午饭，下午去市政厅交暂住证的钱，很顺利。回来后看了看住的屋子，觉得从外面看还是很漂亮的。

　　晚上吃的咖喱饭。打太极拳、八段锦。关于上次的物价，想到也可能是关税的原因，因为瑞士不属于欧盟，还是会有壁垒。

2016 年 9 月 24 日　星期六　GMT+2　20:55

今天都在家，早上 11 点起床。煮了燕麦，午餐吃了香肠、白菜、米饭。之后洗了短裤、袜子，收了昨天的衣服。打了一套八段锦，觉得对缓解肌肉疲劳非常有帮助。做了 GRE 练习，从 20 日到今天保持在每天 20 道。一本书一共 500 道题，已经做了五分之一。

晚上同学做的奶油蘑菇汤，在旁边学了一下，先放一点奶油、油和葱，之后加蘑菇，加入热水，然后倒入浓汤宝。另一边用锅加热黄油和面粉，多次搅拌到没有疙瘩，放入之前的汤，最后加适量奶油，很有味道。牛排先用红酒、盐、黑胡椒腌一下，之后在锅里用黄油和油，把两面弄熟，最后撒一点黑胡椒。

2016 年 9 月 25 日　星期日　GMT+2　18:31

今天上午 10 点多起床，吃了燕麦，中午吃了面片，下午做了 2 课 GRE 习题。

之后跟同学去后面的山上逛了逛，景色很好，一直走上山之后，是一片茂密的森林，其中有大道，阳光透过树干光影斑驳。森林里几乎没有其他人，很像一片原始的森林。但其实这是通往山顶的必经之路，山顶还有一家餐厅。因为怕太阳落山，所以没有一直走到山顶，在森林走了不到半小时就回去了。路上有很多长椅，或是在草坪中，或是在树下，沾一点夕阳的金辉，俯瞰整个城镇和博登湖，很是舒适惬意。

2016 年 9 月 26 日　星期一　GMT+2　15:47
47.4244° N, 9.37443° E

今天 12 点有一节财务报表的课，这个课还是觉得有些吃力，需要多花些时间来准备和复习。主要是财会的知识是大一学习的，隔了一年忘了很多，再加上中国和欧洲使用的会计准则不同，还是有一些障碍。但财报的知识确实有用，所以还是下定决心好好学一下。

下午去学校附近的超市买了点牛奶和饮料，并不便宜。但之前对比物价看的饮料只卖 1.1 瑞士法郎，看来似乎不是瑞士和德国的差异，而是不同地方的差异。

晚上做了一组 GRE 练习。明天争取 8 点半准时起床，把 GRE 和下午上课要读的材料看完。

2016 年 9 月 27 日　星期二　GMT+2　22:23

　　今天早上 10 点起床，做了几套 GRE 题。之后看了川普和希拉里的辩论，两人讨论各个话题，直接的陈述不多，大部分是对另外一方的攻击和回应，攻击的言辞非常不客气。觉得他们控制自己情绪的能力是很强的。全程还是很有看点。

　　看到了《经济学人》上一个汉堡指数的文章，和前几天物价的思考比较相近，里面提供的思路是：各个国家汉堡价格不同有两个原因，一是货币被高估或者低估，所以汇率转换过来后价格不一样；二是说汉堡的价格和人均 GDP 呈正比，因为人均 GDP 是对人力成本的衡量。文章还做了一个回归分析，给了数值上的支持。

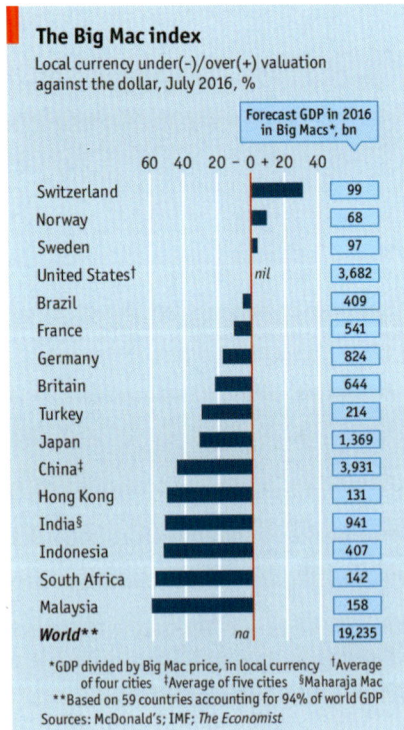

The Big Mac index

Local currency under(-)/over(+) valuation against the dollar, July 2016, %

	Forecast GDP in 2016 in Big Macs*, bn
Switzerland	99
Norway	68
Sweden	97
United States†	3,682
Brazil	409
France	541
Germany	824
Britain	644
Turkey	214
Japan	1,369
China‡	3,931
Hong Kong	131
India§	941
Indonesia	407
South Africa	142
Malaysia	158
World**	19,235

*GDP divided by Big Mac price, in local currency †Average of four cities ‡Average of five cities §Maharaja Mac
**Based on 59 countries accounting for 94% of world GDP
Sources: McDonald's; IMF; The Economist

Economist.com

2016 年 9 月 28 日　星期三　GMT+2　13:47
Thalerstrasse 6, Rorschacherberg, 圣加仑 , 瑞士
19℃ Mostly Sunny

　　今天早上 10 点起床，做了早饭。之后看了财报分析那门课电子版的书，看过书再看讲义就清晰多了，确实也学到了一些新的知识。之后把习题全都做完了。要是有时间应该提前看一点下次课的内容，这样上课的时候理解比较容易。

　　中午自己做了意面。先用葱姜蒜炒了肉，之后加了淀粉和意面粉，最后加了盐和胡椒，味道不错。

　　晚上为了预习明天战略管理的课，看了哈佛商业评论一篇 20 页的英文文章，花了 1 个小时左右。文章就是讲一件事情，什么是战略，觉得有点启发。文章区分了战略定位和生产效率对企业的影响。说 20 世

纪 80 年代日本的企业在提高生产效率方面做得很好，但是缺乏战略，最后的结果是企业之间相互模仿，竞争激烈，利润空间很小。而战略定位最大的特点在于独特性，使竞争对手难以模仿。文章给了两点理由，一是有 tradeoff，即选择一种必须放弃一种。例子是美国的西南航空，战略就是舒适、廉价，为此取消头等舱，使经济舱空间更大，还取消餐饮，降低价格。这使得竞争对手要是模仿，必然需改变之前的部署。战略不能做到两全，这是对手没法模仿的原因之一。二是 fit，即整体性，对手可能可以模仿一两个促销行为，但作为战略是环环相扣的，比如宜家取消服务人员，让消费者自己选购，这个和宜家装修、送货链条、售后等等联系在一起，所以作为战略模仿不来。给的这两个理由比较有启发，对战略有了新的认识。

2016 年 9 月 29 日　星期四　GMT+2　23:41

　　今天上午 6 点半起床上课，是昨天预习的战略管理课。这个教授讲课慢条斯理，但是以一种严谨的分析方式让人信服。今天我上课回答了两个问题，其中一个是讲战略和战术的区别，我用国际象棋为例做了解释。这个老师也懂国际象棋，说他最喜欢用马，还给了阿南德和卡尔森下棋的图片。

　　中午和同学散步走到学校后面的森林，是一片很大很茂密的树林。下午两点的火车，经过三个小时到慕尼黑。车上看了《布达佩斯大饭店》，还不错的电影。

　　到了慕尼黑先找到了订的住家，之后去市中心吃了当地的猪排，每人点了一杯啤酒，感觉很不错。吃完后去看了看啤酒节，晚上啤酒节比白天更疯狂，有很多间大的棚子，人们穿着传统的德国服装，跟着音乐

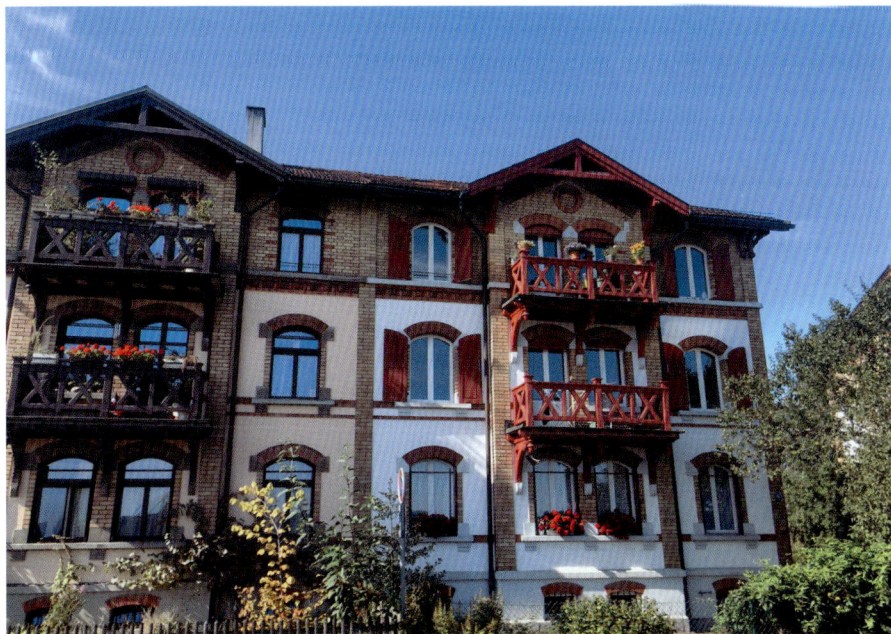

起舞，一边喝酒唱歌，这种气氛从来没有感受过。整个场地的人加起来有数万人，持枪的警察也不少，但并没有很乱。德国人的幸福指数应该很高，场地内人们很投入，笑得很开心。

2016 年 9 月 30 日　星期五　GMT+2　17:19

Fürstenstraße, 施万高, 巴伐利亚, 德国

21℃ Mostly Sunny

　　今天早上 9 点从住家出发，先去了周边的奥林匹克公园。慕尼黑 20 世纪 70 年代举办过奥运会，如今奥林匹克主场馆的大看台已经显得有些破旧。但公园的草坪和绿树还是很好，公园中也有湖，湖中野鸭很多，慢跑的晨练者也见到不少。

　　第二站是宝马的总部。宝马是德国的传统品牌，在慕尼黑有总部办公室、车间、展览馆和博物馆。我们先参观的展览馆，主要展出的是最新款的轿车和跑车。展览馆的介绍不多，主要是为了销售汽车，还允许参观者到车内感受。虽然外面看起来不错，但驾驶的地方还是有些狭小。

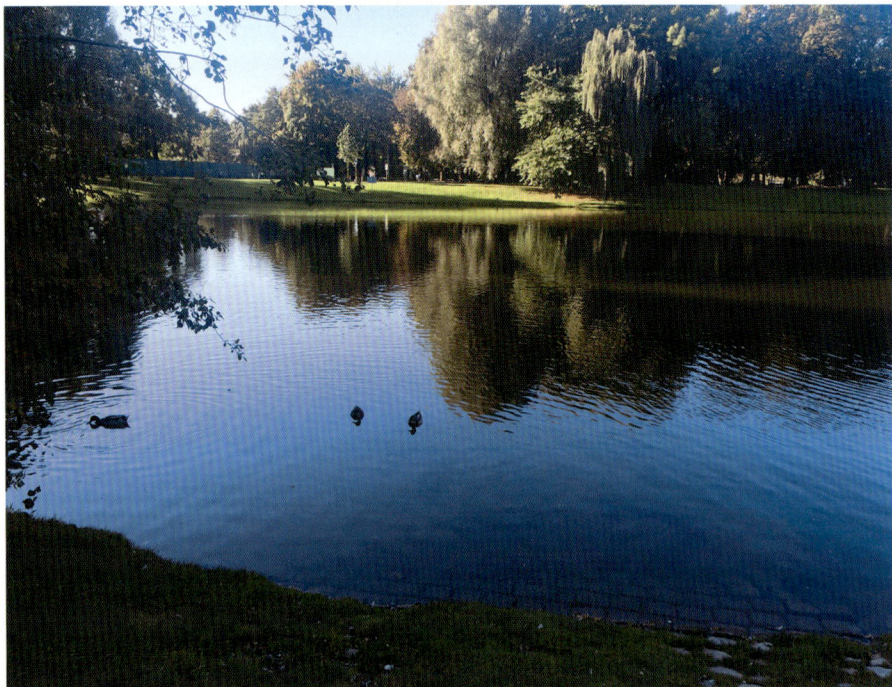

之后参观的博物馆，有学生证的门票是 7 欧元。博物馆可看的展品比较丰富，主要是宝马从 20 世纪 20 年代到本世纪初生产的汽车、摩托车、发动机（发动机 20 年代的已经很精密，近些年的更小巧）。从外观上看 2010 年生产的车确实比几十年前要好看，可能是生产技术的原因，也可能是审美的演进。之前一直以为车的设计好坏因人而异，但这次确实发现有令我们都耳目一新的设计。德国是工业大国，以前的理解是有很多设备，看完展览之后觉得工业的核心还是在于创新、创造力。

之后坐车去新天鹅堡。新天鹅堡从下面看不大，但走到上面之后俯瞰下面景色不错。从新天鹅堡走下山后看到有一片挺大的湖，我们租了脚踏船在湖面游玩，也能从船上找到新旧两个天鹅堡。湖边天鹅懒洋洋地晒着太阳。冬天远观雪景会更美，但能从船上欣赏如此秋光融融也只有现在的季节了。

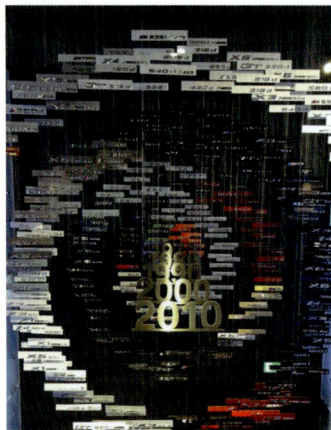

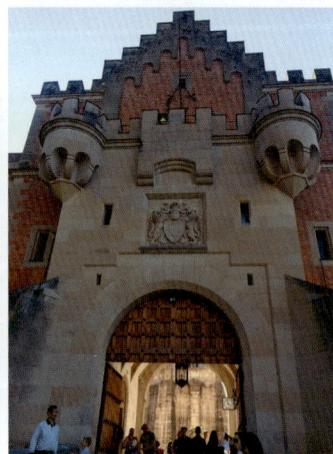

2016 年 10 月

2016 年 10 月 1 日   星期六   GMT+2   10:43
48.1515° N, 11.5917° E

　　早上起来先去了英国公园，是一个位于慕尼黑市中心的免费公园。虽然这个景点并没有怎么听说过，但在慕尼黑的攻略上却排名第一。公园有一条小溪和一片湖泊，草坪和树木很搭配。长度 4 千米，宽度 1 千米，和英国的海德公园有类似的感觉，相比较来看德国的英国公园人更少一些。由于是清早，阳光透过树林的尖顶，在湿润的草坪上洒下柔和的光线。看到公园里的大片草坪上，有很多人在舒展地做着晨练，气氛很相宜，于是我也在草坪中找了一片空地，打了两套太极拳。这种体验很难得，与在屋里打拳不同，公园中空气清新、视野开阔，呼吸吐纳、游目骋怀间却更能

达到平静的心理状态。

来瑞士后太极拳练得比较勤，最近打拳觉得进步的方面在于呼吸，更进一步在于"全神贯注"的"神"。进而想到，近几年有兴趣涉猎的主题——王阳明的心学、灵修、太极拳从深层是很相通的，相同的点就在于达到一种思考的"空"：心学所谓"心外无理"、"理在心中"，和程朱理学的"存天理灭人欲"，都似乎在说清理干净内心散落的树叶，自然就看见了落叶下埋藏的理。但我的理解是内心空明本身就是"理"，它不只是一个条件，而就是结果。西方的灵修注重实际方法，告诉人通过调节呼吸和关注思考来找到停止思维的"临在"状态，这种状态是科学家、艺术家创造力的源泉。而养身气功把这种思维训练融入了动作中，侧重养心。这种放空思维的知识被很多看似玄妙的说教所指向。从这种角度看，就比佛释道表面的形式高了一层：佛家心中有佛，道家高处有道，有佛有道就不空，不空则不明。

下午 4 点坐四个小时火车到达维也纳。一个小插曲是之前同学在 Airbnb 上订的房，但房东一直到我们下火车都没有确定，于是只得找附近的酒店，但都满员。在 Booking 网上订的第一次也被取消了，一直到临近晚上 11 点才找到一家宾馆。过程一波三折。下次出行要提早订房确认。

到了酒店之后又出来逛了逛维也纳的夜景，令我们震惊的是维也纳的很多建筑都美轮美奂，充满了艺术气息。我们在花团锦簇的大教堂门口坐了一会，抬头就是璀璨的星空。高耸的尖塔教堂和星空可能共相遥望上百年了，变化的只是阁楼上的花团和仰望夜空的旅客。

2016 年 10 月 2 日　星期日　GMT+2　14:02

美泉宫 , 维也纳 , 维也纳州 , 奥地利

18℃ Mostly Cloudy

　　今天在奥地利、匈牙利旅游。维也纳是奥地利的首都，人口约 180 万，其中外来人口约占四分之一，古典音乐艺术气氛浓郁，被誉为"世界音乐之都"。自 13 世纪中期至 20 世纪初期，维也纳曾分别作为神圣罗马帝国、奥地利帝国和奥匈帝国的首都及统治中心。在哈布斯堡王朝几百年的统治时期，维也纳一度发展为欧洲的文化和政治中心。第二次世界大战后，奥地利被英、美、法、苏四国划分成四个控制区，直到 1955 年才获得独立并成为永久中立国。

　　昨天住宿的旅店就在多瑙河畔。早晨 8 点钟起来，先沿着多瑙河走了走。可能是周日早晨，除了晨练跑步的人，并没有什么行人。多瑙河不宽，估计 100 米左右，河上停泊着三三两两的船只。走了没多久，就找到了地铁站，于是搭乘地铁到市中心。

　　从市中心走到维也纳艺术史博物馆的路途中穿行过了金色大厅。音乐厅里传出来轻柔的弦乐和合唱的声音。今天是周日，金色大厅不开门，可能里面在排练。昨晚来到维也纳也是先看了看金色大厅的夜景，四周的墙壁上都有灯光，比白天更有趣味。以后若有机会再来，可以进去欣赏一次音乐会，周边卖票的地方倒是见到不少。

　　漫步在维也纳街头，感觉很新奇的是城市的建筑，绝大部分体现出建筑独特性的美。建筑的风格大抵相同，有高高的拱门，尖顶的教堂，但每一座建筑还是有各自的特点，营造的总体氛围是充满艺术气息的。

　　我们主要参观的就是维也纳艺术史博物馆，票价是 10 欧。这个博物馆很能体现形式和内容的辩证关系。最大的特点是博物馆建筑本身就是一件展品：博物馆墙壁上的浮雕、穹顶的巨形壁画、气派豪华的楼梯、

2016 年 10 月

贯通的圆形底池。作为博物馆，通常的功能只是展示珍贵的展品，即它的内容，但这个博物馆在形式上别具一格，用艺术的形式展现艺术的内容，是一种美的统一。听讲解器的介绍，这是 1872 年开始建造的，修建的时候就是作为博物馆，而不是后人改变其使用用途。还有就是它是当时国王主持修建的，无预算限制，还请各国的名匠雕刻，这放到今天也是不太可能的。

展品很丰富。大部分是黄金、象牙的雕刻品，纹理、结构很精致。一个新的感觉是珍贵的艺术品也是建立在稀有性的基础上的，用于雕刻的材料本身就是稀缺的，若是在木头上加工，可能没有如此令人惊叹的效果。

进一步想到艺术和经济的发展规律是否相同。维也纳是当之无愧的艺术之都，但奥地利并不是大国。相反一些经济高度发达的国度，艺术的文明进程未必领先。毫无疑问，艺术和经济是可以相辅相成的，但是不是必然呢？

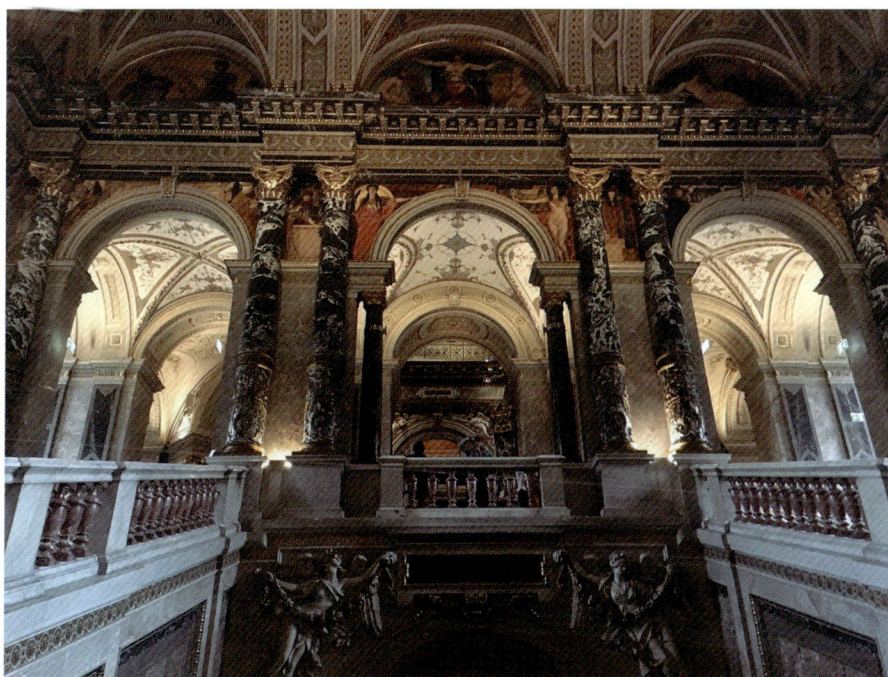

之后去美泉宫。美泉宫是维也纳排名第一的景点，看介绍说："美泉宫坐落于维也纳市西部，始建于 17 世纪末。1743 年建成，宫殿设计大多由皇室成员亲力亲为。最终落成的宫殿有将近 1500 间内部装饰精美的房间，花园的园林面积达 200 万平方米。6 岁的莫扎特在这里第一次为女皇演奏钢琴。"由于接下来还有去布达佩斯的行程，比较遗憾没有进去参观，只是在外面逛了逛。宫殿的背面是一座巨大的浮雕瀑布，周围是开阔的石子路，路的两旁是大理石雕塑。这种场景有点像纪录片里未遭抢掠的圆明园，确实有一种皇室的气度。

进而想到古代各个区域的国王，拥有绝对的权力，在皇室建筑和艺术的渲染下，所思所想会不会一样，是否有《理想国》所谓"哲学王"？柏拉图说从哲学家之中挑选王，但是否更应该从王中培养哲学家？

这次旅行对维也纳的印象很好。如果再有机会，可以多花一点时间深度参观。下午前往匈牙利。

2016 年 10 月 2 日　星期日　GMT+2　19:23
Sztehlo Gábor rakpart, 布达佩斯，布达佩斯市，匈牙利
17℃ Light Rain

　　下午 3 点搭乘最后一班列车去匈牙利首都布达佩斯。到达布达佩斯已经是下午 5 点。介绍说，"布达佩斯一直享受着'多瑙河上明珠'和'小巴黎'的美称。多瑙河两岸的布达与佩斯原是两座独立的城市，1873年合并成了一座城市并取名为布达佩斯。在布达佩斯，方向是很好辨认的。多瑙河是南北走向，所以布达在西，佩斯在东。于是只要知道多瑙河在你的哪个方位，就很容易判断东南西北了。"

　　刚出火车站就看到天桥下很多顶帐篷，大概是难民的住所。沿街也有难民在乞讨。加上正好有些小雨，天色灰蒙，有些和维也纳的反差，觉得布达佩斯有一点衰败的气息。由于是晚上8点半的火车回瑞士，只待了不到四个小时。看了渔人堡、链桥、国会大厦，这是排名前三的景点。这几个景点倒是不错，尤其是国会大厦的夜景，隔着多瑙河看过去金碧辉煌。

2016 年 10 月 3 日　星期一　GMT+2　12:00
Thalerstrasse 6, Rorschacherberg, 圣加仑 , 瑞士
13℃ Partly Cloudy

　　今早 8 点到的瑞士，补了两个多小时的觉，11 点起床上学。今天的课还是财会和 matlab。财会这节课上完后直接看了讲义，觉得比较清晰，周三没课的时候可以直接做题了。matlab 每节课的任务量不多，也是做做题就好。

　　最近暑期实习的申请机会很多。本来是在复习 GRE，但考虑到申请实习有截止日期的限制，还是先做申请。等周三有时间做一下计划。

　　旅游大部分时间是很有意思的，但也有辛苦的一面。比如这次在维也纳到半夜才找到旅馆，从布达佩斯回来的火车上卧铺是 6 个人一间房，空间很小，我们的包厢里还有一个当地人喝醉了，酒洒得满地都是。但这些也是旅游体验的一部分。

2016 年 10 月 4 日　星期二　GMT+2　12:00
Thalerstrasse 6, Rorschacherberg, 圣加仑 , 瑞士
13℃ Mostly Sunny

　　今天上午起床后看了看战略课讨论的案例，下午去小组讨论。同一个小组的有两个瑞士人，一个意大利人。加上那节历史课，已经有几次和外国同学小组讨论的经历了，觉得当地学生还是很认真的。他们记录大家的观点，然后说自己的看法，如果有不一样的看法就直接指出来，并不像在中国有的小组讨论有些应付。

　　之后自习了两个小时，再上了历史课。历史课的老师是美国的客座教授，课堂比较活泼。课前老师给大家发了阅读材料，之后问大家有没有读，读了的是一个小组，没读的是另一个小组，老师想做个对比试验，看哪个小组回答的问题更有质量。这节课讲的物件是咖啡，于是老师买了咖啡，让大家一边喝一边讨论，内容是咖啡发现之后历史进程的变化。两个小组每边说一条，有人提出的思路确实有我之前没有考虑到的，比较有启发。最后反而没读过阅读材料的小组得分更高，也是说明先入为主的材料会损害一定的创造思维。

2016 年 10 月 5 日　星期三　GMT+2　22:01
Thalerstrasse 6, Rorschacherberg, 圣加仑 , 瑞士
7℃ Mostly Clear

今天一天没课，早上 GRE 做到 20 课，复习了 5 课。按照之前的打算，10 月份不再继续做了，一是先申请网测，二是这些时间可以多复习几遍。

中午打了太极拳、八段锦。

下午去德国康斯坦丁采购下周的食材。顺便改善下伙食，吃了一顿牛排，20 欧元左右，味道还可以，但不如之前在德国林道的好吃。

2016 年 10 月 6 日　星期四　GMT+2　12:00
Thalerstrasse 4, Rorschacherberg, 圣加仑 , 瑞士
9℃ Mostly Sunny

　　周四上午去上战略管理课。看了两组外国学生的小组展示，形式很丰富，PPT 做得也不错。其中很多例子都用到中国，比如中国的阿里巴巴和宜家在中国的发展。

　　下午回家，觉得有些不舒服，晚上喝了粥。早一点休息了。

2016 年 10 月 7 日　星期五　GMT+2　12:00
Thalerstrasse 6, Rorschacherberg, 圣加仑 , 瑞士
11℃ Mostly Cloudy

　　周五早上发烧 38.2℃，本来想去意大利玩的，没去成。吃了点药，睡到 11 点半，烧退下去了。于是煮了点粥。下午继续睡觉，到晚上觉得好些了。

2016 年 10 月 8 日　星期六　GMT+2　12:00
Thalerstrasse 6, Rorschacherberg, 圣加仑 , 瑞士
10℃ Mostly Cloudy

　　周六基本上病情好转。上午去家附近的超市买了点水果。中午煮了粥，吃了鸡蛋羹，补充了一点水果。这两天为了放松一下看了很多综艺节目，新看的是《极限挑战》。晚上继续喝粥。

2016 年 10 月 9 日　星期日　GMT+221:17:26
Thalerstrasse 6, Rorschacherberg, 圣加仑 , 瑞士
8℃ Light Rain

今天周日。上午把上周的财会基本看完了。下午看了看综艺节目。晚上觉得胃口不错，想吃点什么，看到冰箱里有虾仁，于是查了查怎么做。最后是用鸡蛋炒虾仁，自己觉得很好吃。下午到晚上一共喝了四碗粥。

生病基本算好了。明天继续上课。出门在外觉得还是中国好，看病能看，也可以叫外卖。以后更应该注意身体，吃的东西要有节制。

最近对找实习有点缺乏信心。主要是觉得相关行业的知识比较缺乏，面试或者是写材料不太能写出东西来，有点盲目。实习的事情没有太高热忱，主要还是不知道什么职业适合。但是最近也发现，当聊到自己的

专业所学或者特殊知识储备的领域时会比较集中注意，也会很感兴趣。比如每周二上的器物历史课，我就喜欢从经济学、从中国的角度给出一些例证。每周四上的战略课，老师要是举国际象棋的例子，我就很爱听。所以我也在想，是不是我得先把一个领域变成自己的领域，然后兴趣就自然而然地来了。所以对待学习到的知识还是要充满好奇和热爱，不仅仅是课程的要求，还是要作为自身知识储备的一部分。

下午随便听了听粤语歌，虽然不会说粤语，但觉得粤语还是很好听的，尤其作为歌词，很鼓舞人心。

忙时有忙时的烦恼，但若有时没事可做，也有可能情绪低落。之前找到了一些很能鼓舞情绪的东西，比如看看《传习录》，听听歌曲，写写日记，下 5 分钟快棋，解排局，跟着软件冥想，打太极拳、八段锦，俯卧撑等。今天发现自己做饭也是一样，看着菜谱做出一道新菜，吃起来还不错，也是很大的享受。生活中的乐趣一半是尝试新事物，一半是把熟悉的事情做精致。

2016 年 10 月 10 日　星期一　GMT+2　12:00
Universität Sankt Gallen, St. Gallen, 圣加仑, 瑞士
7℃ Mostly Cloudy

　　周一上了两门课，上午是会计课，也是课后看书觉得学到不少东西，会计学也是有一定逻辑在里面的。

　　晚上是 Matlab 课，这节课后写作业的时候，有些刚开始不知道怎么做，后来通过思考和上网查解决了，感受到了编程的一些乐趣。

2016 年 10 月 11 日　星期二　GMT+2　14:18
Universität Sankt Gallen, St. Gallen, 圣加仑 , 瑞士
11℃ Partly Cloudy

　　今天上午在家，下午赶到学校和上战略课的同学小组讨论。我们做的是电子化战略，他们说物联网是电子化战略的一个例子，然后举了一个物联网应用比较多的公司 Cisco，来分析为什么电子化战略会有效果。我想周五之前把 PPT 做出来，整理一些资料。

　　上午看《传习录》，有一段话之前没注意过，今天看到觉得说得很有道理。问："知至然后可以言诚意。今天理人欲知之未尽，如何用得克己工夫？"

　　先生曰："人若真实切己用功不已，则于此心天理之精微，日见一日，私欲之细微，亦日见一日。若不用克己工夫，终日只是说话而已，天理终不自见，私欲亦终不自见。如人走路一般，走得一段方认得一段，走到歧路时，有疑便问，问了又走，方渐能到得欲到之处。今人于已知之天理不肯存，已知之人欲不肯去，且只管愁不能尽知，只管闲讲，何益之有？且待克得自己无私可克，方愁不能尽知，亦未迟在。"走路那段的比喻很有意思，很多事情也是相同的道理，不要愁"不能尽知"，要先走，"有疑便问，问了又走"，走到一定阶段自然而然、水到渠成。

81

2016 年 10 月 12 日　星期三　GMT+2　13:33
Thalerstrasse 6, Rorschacherberg, 圣加仑 , 瑞士
9℃ Mostly Sunny

　　今早起来把美国总统辩论的第二场也看了，双方的策略基本都是攻击对方，对自己不利的事情简单解释就带过去。比较欣赏的还是他们在观众、时限、对方攻击的压力下能头脑清晰，都不显得慌乱。第三场也是最后一场是在 10 月 19 日，到时候也想看一下。

　　中午吃的火锅面。煮了同学带回来的肥牛片，挺好吃。

　　最近对冥想比较感兴趣。一直用的之前的软件，有很多冥想的训练，发现每天晚上临睡前做冥想很能舒缓心情。

　　明天去佛罗伦萨，计划在意大利待四天。

2016 年 10 月 13 日　星期四　GMT+2　21:25
Piazzale Michelangiolo, 佛罗伦萨，托斯卡纳，意大利
13℃ Mostly Cloudy

　　今天早上 8:30 的火车从罗尔沙赫出发去佛罗伦萨，下午 5 点到达。和两个同学汇合后，先去了当地一家有特色的餐厅，吃完之后逛了一下城市夜景。

　　这次的感觉和维也纳类似，城市的建筑群风格典雅。走到了米开朗琪罗广场俯瞰城市，虽不算繁华，但灯光映照下，矗然独立的圣母百花大教堂的圆形穹顶折射出了文艺复兴的迷人微光。佛罗伦萨还是有人文气息的城市，如果说维也纳是艺术之都，那佛罗伦萨就是当之无愧的人文博物馆。

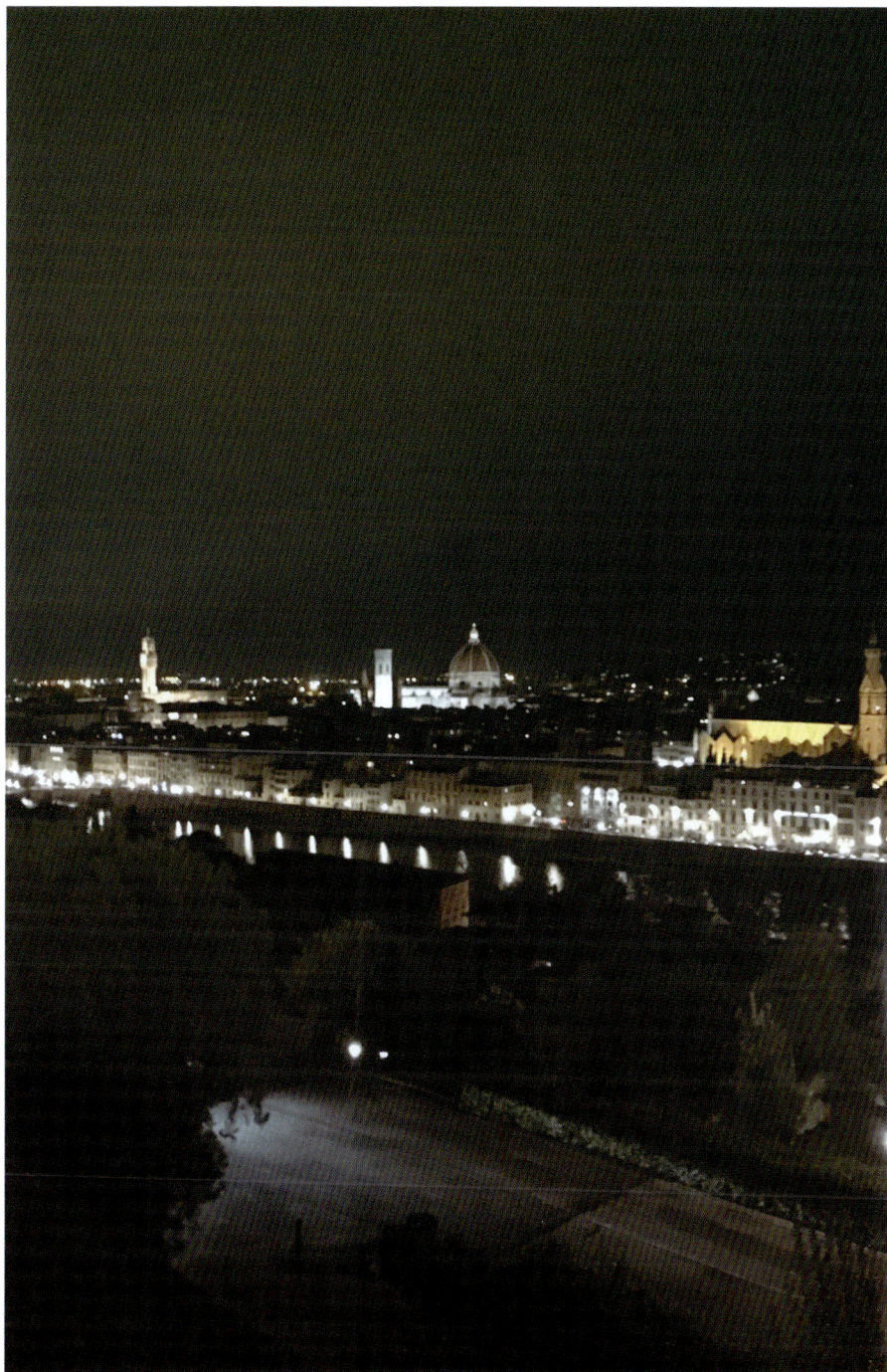

2016 年 10 月 14 日　星期五　GMT+2　12:47

　　今天上午出发，先去圣母百花大教堂。买了 15 欧元的门票，还要在教堂外排半小时队才进去。本来以为这个队是参观教堂的，没想到一进去就是攀爬石阶。石阶的路很狭窄，不少地方仅容一人通过，而且很少有窗户。爬了不到 5 分钟，就觉得幽闭的环境很难受。继续往上走，终于到了教堂内部一个小平台，已经离地面一百米，可以俯瞰整个教堂里面。但平台也比较狭窄，有些恐高，反而怀念走石阶的时光。平台上抬头看是绘于顶部的壁画，画面场面宏大，画得面积也很大。走过平台，石阶还是笔直向上的路。这时有点想往下走了，但都是单行线，没法回头。于是继续往上爬。又走了 5 分钟左右，开始陆陆续续有上面的人下来。本来就狭窄的石阶变得喘不过气来。而且没有指示的标牌，不知道多远才能到顶。它当初设计时，仿佛就是有意让游览者一定要到达顶部，不能走回头路，所以仍然没有其他路可以选。时间过得很漫长，上下的人们交错通过，大概又过了一刻钟，终于到了顶部的平台。

　　到了平台却觉得之前的攀爬之苦是值得的。今天天气晴朗，阳光不错，又刚下过雨，温度很舒适，在宽阔的平台环绕一圈，可以从各个角度俯瞰佛罗伦萨。能清晰地看到佛罗伦萨四周山峦环绕，教堂处于最中心的位置，每个方向到山的距离不一，长的十几公里，近的可能不到 5 公里。最大的特色是所有的房子都是统一的红瓦，没有任何超过 5 层的建筑，足以见当初城市规划的成熟和城市保护意识的先进。对面是个钟楼，也有游客在顶端，但毕竟矮一点，景色自然应该不如我们所处的教堂壮美。这是全城最高的建筑，很有一览众山小之感。

　　从上面下来变得轻松很多。回顾刚才的经历，很能体会王安石《游褒禅山记》里的感慨："由山以上五六里，有穴窈然，入之甚寒，问其深，则其好游者不能穷也，谓之后洞。余与四人拥火以入，入之愈深，

其进愈难，而其见愈奇。有怠而欲出者，曰：'不出，火且尽。'遂与之俱出。盖余所至，比好游者尚不能十一，然视其左右，来而记之者已少。盖其又深，则其至又加少矣。方是时，余之力尚足以入，火尚足以明也。既其出，则或咎其欲出者，而余亦悔其随之而不得极夫游之乐也。于是余有叹焉。古人之观于天地、山川、草木、虫鱼、鸟兽，往往有得，以其求思之深，而无不在也。夫夷以近，则游者众；险以远，则至者少。而世之奇伟、瑰怪、非常之观，常在于险远，而人之所罕至焉，故非有志者不能至也。有志矣，不随以止也，然力不足者，亦不能至也。有志与力，而又不随以怠，至于幽暗昏惑而无物以相之，亦不能至也。然力足以至焉，于人为可讥，而在己为有悔；尽吾志也而不能至者，可以无悔矣，其孰能讥之乎？此余之所得也！"比起临川先生，此行更加幸运，极夫游之乐也。

2016 年 10 月 14 日　星期五　GMT+2　15:52
Uffizi 美术馆 , 佛罗伦萨 , 托斯卡纳 , 意大利
18℃ Light Rain

　　下午逛乌菲齐美术馆。先排队一个小时买票，进去之后就是很多雕塑和画作了。这次看画展也有一点感触。

　　进去之前看了一点介绍，这个美术馆镇馆之宝是三幅画，分别是《春》、《维纳斯的诞生》和拉斐尔的《金丝雀圣母》。幸运的是这次都看到了。前两幅画据说是画家生病时受命而作，所以画面中的人物也仿佛是强颜欢笑，载歌载舞却并没有快乐的表情。作者借宗教画的题材，表达的是自己的不满。还比较有意思的是《金丝雀圣母》。单纯看这一幅画不觉得什么，但逛了一整层都是同样题材的画后就觉得这幅画很可贵。似乎耶稣诞生这个绘画题材是当时画家的"八股文"，展出的几十幅甚至上百幅画都是相同的人物：耶稣、圣母、使者。但其他画像是摆拍：或是耶稣和圣母坐姿端正、目视前方，或是使者头上画着光环，或是众星捧月般摆出的人物造型。拉斐尔的不同之处在于真实，把神"人化"了，圣母只觉得像个慈爱的母亲，甚至像是农妇，耶稣和圣约翰只觉得像是个调皮的孩子，没有神圣可言。这就是创新的人文主义精神：人是核心，而不是神。整个美术馆的展品有几十万幅，可以说样样都不差，但拉斐尔的画能脱颖而出，还是有一点创新在里面。

　　此外，拉斐尔对于眼神的刻画也很传神，看到叔本华《人生的智慧》里有这样一段评述："在童年时期我们就已经打下深刻的或者肤浅的世界观的坚实基础。我们的世界观在以后的时间里会得到拓展和完善，但在本质上却是不会改变的了。由于这样一种纯粹客观的，因此也是诗意的视角观点——这是童年时代的特征，得益于当时的意欲还远远没有全力发挥作用——所以，在还是孩子的时候，我们的认知活动远胜于意欲活动。因此，许多儿童的眼神是直观和认真的。拉斐尔在描画他的天使的时候——尤其在他画的西斯廷圣母里面的天使，就很巧妙地运用了这种眼神。"

2016 年 10 月 14 日　星期五　GMT+2　20:37

　　晚上去了比萨。下了火车直接往比萨斜塔的方向走。到了塔前看，斜塔确实是很倾斜的。塔旁边是比萨大教堂，刚到时候还有阳光，和周围的草地构成了一幅风景画。天色渐暗之后教堂上的壁画打上了灯光，也别有一番风味。有点遗憾的是到了比萨一直下雨。吃完晚饭回到了佛罗伦萨。

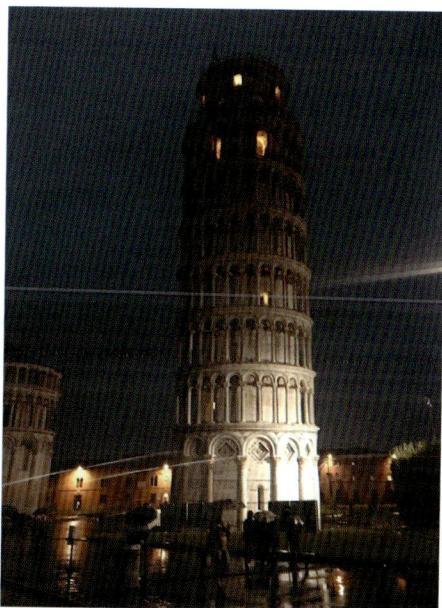

2016 年 10 月 15 日　星期六　GMT+2　18:42
Piazza della Rotonda 71, 罗马 , 拉丁姆 , 意大利
20℃ Mostly Clear

　　今早坐一个半小时火车到达罗马。先找到订的酒店，放下行李，然后在酒店旁边的餐厅吃了午饭。

　　下午先去的古罗马遗址。看"穷游"软件上有人分享的经验，在古罗马遗址买通票比在斗兽场买票排队时间少，后来发现确实是这样。古罗马遗址是当之无愧的遗址，几乎没有一件完整的建筑，都是断壁残垣，也说不出哪里有美感。但听讲解还是有些意思。比如有三个凯旋门，其中一个是为了纪念进攻以色列的战争胜利而建，门上的雕塑也是罗马军队带着从耶路撒冷抢夺的金银财宝满载而归的场景。曾经有一个很爱看

的纪录片，是 BBC 拍的，讲罗马的，就有得胜的罗马骑兵从凯旋门归来，道路两旁的人们撒鲜花迎接。想到纪录片中的画面，再看看眼前的断壁残垣，才觉得这些残缺的石头是有历史厚度的。

之后走到斗兽场。斗兽场和古罗马遗址相隔不到 200 米，但入口处即使有票队伍也有些拥挤。进去之后看到了斗兽场的全貌，没有想象中的那么大，但听介绍说当时可以容纳 5 万名观众。古罗马有斗兽场的文化，基本上角斗士都是奴隶或者犯人，上午是人和动物搏斗，下午是人和人搏斗，胜者会被赦免，给予自由人的身份。观众都是免费入场，每逢节假日就会有决斗，而据说当时每年有一百多天属于各种假期，所以每周都有决斗，这是当时公民最大的娱乐活动。还有场景布置，会根据神话故事加一个鲸鱼或者美杜莎的雕塑在角斗场中间，仿佛一台制作精良的演出。观众席也分三六九等，国王和祭司是在贵宾席，之后是长老的席位，再是骑士，最后是其他公民。虽然是免费的，但每位进场的观众都要拿一张票，票上有唯一对应的座位。座位不仅观赏角度不同，连构成建筑的砂石材料都不一样。听完斗兽场的讲解，首先想到的是罗马的政治智慧。在我看来，斗兽场是维稳的武器，和中国古代儒、法共治有共通之处。第一，用看台座位的形式区分三六九等，强调等级和尊卑贵贱，这是儒家"礼"的核心，避免僭越。第二，用残酷的决斗过程展现奴隶和囚犯的处境，是一种暴力威慑，这是法家"法、术、势"的"势"。第三，是公民的狂欢，作为暴力政治给被统治者的宣泄出口，儒家的科举是相似的效果。不同的是，中国是外儒内法，展现在外面的是儒，把残酷和暴力包装起来了。古罗马缺少这一层包装，把"法"和"儒"都露在外面，两相比较，虽然目的相同，但论效果似乎中国皇帝更胜一筹。

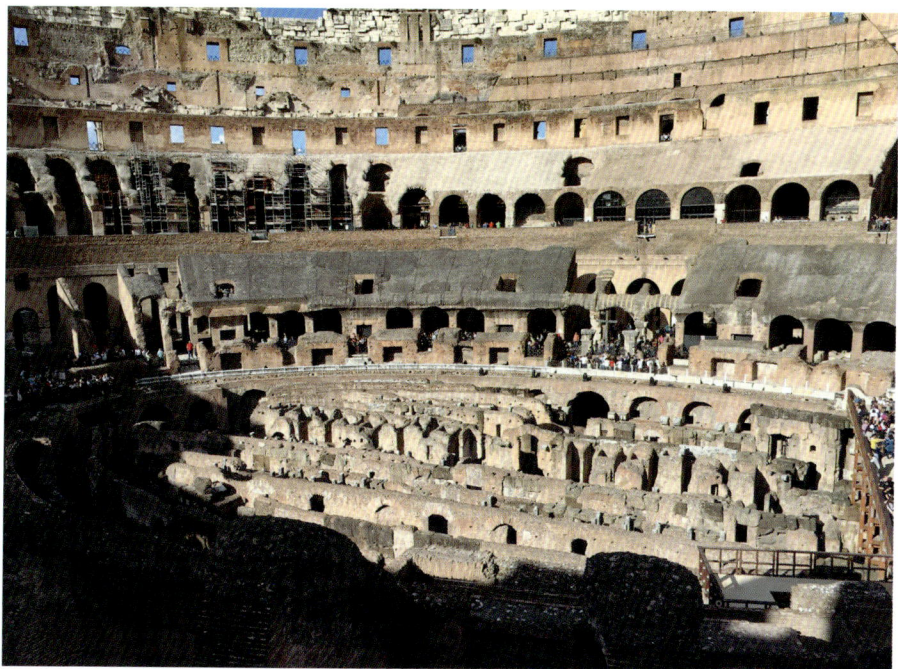

　　斗兽场是统治形式一种最生动的体现，即有台上看表演的观众，和台下与老虎狮子搏斗的角斗士，二者缺一不可。历史只是让台上的观众和台下的角斗士几经转换了角色，但演出的内容不会发生根本的变化。进而想到，民主的进程可能不是一种观念的转变，而是一种能力，是政治智慧发展到一定阶段的产物，从斗兽场走出来需要时间，更需要的是创新和智慧。

　　之后看了威尼斯广场。这是一个恢弘的雕刻建筑，全部由洁白的大理石构成。正对着入口的是无名英雄纪念碑，点着火炬，也有两名哨兵站岗。走到上面是一排巨大的石柱，平台可以俯瞰罗马街头。我在石柱下面坐了一会儿，今天罗马天气非常好，休息得也很惬意。

　　之后去许愿池，据说《罗马假日》风靡后每周人们投掷的硬币有数十万欧元之多。许愿池本身其实是雕塑群，花了 30 年建造，在 2015 年刚刚修缮完对外开放。

最后一站是万神殿。和中国的寺庙不同，万神殿里并没有很多神像，而是给足了遐想空间。中间是露天的圆形穹顶，让光线和雨水自然地倾泻下来。这里还是画家拉斐尔的埋葬之地，在进门左手边有一口精美的大理石棺材。

今天也沿途走进不少教堂参观。教堂因为太多已经不算什么景点，但也都各具特色，建筑雕刻都很精美。这些教堂落成时大抵也是见证了不同君主的加冕，如今却早已成为过眼云烟。由此浮想历史人物的命运。最近带了一本《嗜血的皇冠》，讲刘秀的历史小说。觉得历史人物、君王的命运虽然大多坎坷，但这一生经历的精彩极致足以相抵万千普通人的几世。这恐怕也是人生的取舍，是要始终柔和的朝阳和夕辉还是极致灿烈的流星。身居丞相的李斯临刑前回忆牵着黄狗悠闲嬉戏的日子，手握尚方宝剑的袁崇焕被当作叛徒处死前是否也曾怀念当年在关外无忧的少年？朱元璋晚年，夕阳下骑上当年的战马已经不能随心驰骋，曹孟德破江陵舳舻千里，烈士暮年亦何尝对酒当歌？又有多少人能最后说出"此心光明，亦复何言"？"万里腥膻如许，千古英灵安在"和"小舟从此逝，江海寄余生"可能从一开始就是两种不一样的孤独，"但是不要以为孤独仅仅是人生的不幸。塞尚说出了孤独真正的价值：孤独通向精神的两极，一是绝望，一是无边的自由。"

2016 年 10 月 16 日　星期日　GMT+211:01:53
Via della Conciliazione, 罗马 , 拉丁姆 , 意大利
20℃ Mostly Sunny

　　今天早上起来去梵蒂冈。梵蒂冈这个国家很有意思，整个国土面积还不如故宫大，是世界上最小的国家，却拥有世界上面积最大的教堂。我们从罗马火车站附近的宾馆步行 2 公里就到了。跨过新天使桥就远远看到了教堂巨大的圆顶。往前走看到越来越多的人，过了两层安检。今天正好举行什么仪式，只见穿黑衣服和白衣服的人在教堂前面排成几排，一起唱着祷告的歌。教堂正面是巨大的广场，广场有两个对称的喷水池，外围是高大的白色石柱，石柱顶端都是一尊文艺复兴时期风格的雕塑，人物形态各异。广场上大约有十几万名观众，远远超过了整个国家的公民人数。梵蒂冈对天主教徒也像是耶路撒冷对于穆斯林，很多人手中都拿着一本小书跟着一起哼唱。梵蒂冈比较有名的景点是圣保罗大教堂、圣保罗广场和梵蒂冈博物馆，比较遗憾的是这次只看了广场，没有走进教堂和博物馆。

　　中午 12 点开始坐火车，换了几趟车，晚上 10 点半到家。在车上把带去的《嗜血的皇冠》看完了。刘秀是我们组织管理课老师认为"内圣外王"的典范，外王很好理解，毕竟是东汉开国皇帝，但内圣之前没什么了解。看了这本书之后，发现刘秀在内心也经历了很大磨难，不亚于龙场悟道。刘秀和王阳明经历的最深层磨难大抵相同，都是有巨大的功劳但立功后反被迫害，当权者对他们赶尽杀绝。从中看出内圣外王这种说法是有道理的，外王者必先内圣。

2016 年 10 月 17 日 星期一 GMT+2 12:00
Thalerstrasse 6, Rorschacherberg, 圣加仑 , 瑞士
11℃ Mist and Fog

今天先去上财务会计的课，晚上是 matlab。财会下周考试，虽是开卷，但只让带书，其他资料不许带，只得最近看看书还有没有卖。matlab 虽是重点教软件怎么用，但毕竟是经济学和数学的软件，也都提了提每个功能经济学和数学的用途。这些知识都学习过，但遗忘很多，正好趁这个机会复习一下。

晚上打太极拳，想到前几天看的文章，突然有一些新的领悟。我觉得所谓"气随行合"、"心静体松开立站，两脚平行气丹田"，这个"气"并不是真的有明显的物质流动，而更多是精神的冥想。所以尝试着想象身体运动时气的流动，发现经过想象，在打太极拳时手掌似乎感受到发热。这种体验之前从没有感受过。

2016 年 10 月 18 日　星期二　GMT+2　21:42

　　下周有一门期中考试，因此这周先不出去玩了，在家复习一段，也正好休整一下。

　　下周上完课有两周的假期，和同学计划了一下，走的路线应该是挪威奥斯陆→挪威卑尔根→冰岛雷克雅未克→芬兰赫尔辛基→瑞典斯德哥尔摩→葡萄牙→西班牙→法国→瑞士。

2016 年 10 月 19 日　星期三　GMT+213:22:04
Thalerstrasse 4, Rorschacherberg, 圣加仑，瑞士
11℃ Mostly Cloudy

　　最近看到人民币贬值的新闻。截至北京时间 2016 年 10 月 19 日 18:33，人民币对美元离岸汇率为 6.7394，在岸汇率为 6.7355。于是想关注一下背后的经济学原理，看了几篇分析的文章，我的观点是：

　　最近人民币对美元汇率下降，直接原因是近期美联储加息、美元升值的结果，以美元指数和人民币指数共同的上升（美元指数为近期峰值）为证据。但更本质的原因是人民币 10 月份正式加入 SDR，央行对汇率操纵更少，加大了市场对于汇率预期的决定作用。加入 SDR 使央行乐于提高人民币储备的比例，间接使外汇储备下降，也使得人民币贬值。因此从短期来看，汇率市场消化人民币的"汇率自由"还需要一段时间，可能会持续下跌。但只要经济基本面和外汇储备保持稳定，基本没有人民币汇价暴跌的理由。

2016 年 10 月 20 日　星期四　GMT+2　16:39

　　最近复习财会的时候有个想法，书上说股票的价格有个"合理"的值，比如未来的 residue earnings 折现加上 book value，但这个合理的值短期往往缺乏意义。也许市场本身没有合理不合理，或者市场真实是怎样的并不重要，重要的是大多数投资者认为市场是怎样的，大多数投资者认为价格合理不合理。所以我的想法是能不能做一个投资者的构成分析，有多少投资者是做短期投机，有多少投资者是根据企业价值判断价格，有多少投资者是在看现金流。如果能大体找到投资者各个组成和分析的方法，就能对短期市场价格走向有比较准确的估计。

　　从实际看，比较困难的就是如何知道投资者的组成和投资决策。但从另一个角度讲，也只需要分析出大股东的投资习惯即可，他们代表了整个市场的主流。能否从价格中找到这样的信息呢？

2016 年 10 月 21 日　星期五　GMT+2　13:02

　　最近复习财报课的时候觉得可以学一学炒股，觉得是接触所学知识的很好实践。问了问炒股的同学，他们推荐了一本入门的书，我下载了电子版，翻了翻，有一些摘录：

　　既要有盈利能力增长（30%~50%），又要有主营业务销售量的增长，否则可能是由于产品、投资的阶段性增长，不持久。考察跨度基本是3年。

2016 年 10 月 22 日　星期六　GMT+2　11:29

今天周六，再复习两天就是财报期中考试，觉得复习的进度比较满意。

最近看《传习录》，有两个新的体会。其中之一是强调克己的功夫。"人须有为己之心，方能克己；能克己，方能成己"与"你今后只不要去论人之是非，凡当责辨人时，就把做一件大己私，克去方可"。克己就是抑制一些人的本能，这当然不舒服，所以才需要锻炼。意志力在一定阶段也有一个极限，就像肌肉到达一定强度会酸痛，意志力也需要循序渐进的锻炼过程才能增长。

另一个体会是从事中学。比如最近复习，没有只当做是准备考试，还有带着探究这个知识以期待将来应用的心态去做，就不觉得枯燥；再比如昨天刷碗，本来比较不耐烦，但自己调整心态，当做是一种心理的学习，就轻松了许多。"吾始学书，对模古帖，止得字形。后举笔不轻落纸，凝思静虑，拟形于心，久之始通其法。既后读明道先生书曰：'吾作字甚敬，非是要字好，只此是学。'既非要字好，又何学也？乃知古人随时随事，只在心上学，此心精明，字好亦在其中矣。"随时随事只在心上学，这种态度我认为可取。

可以尝试着每天做一件克己的功夫，要是一周都保持得好就再增加一件。克己不是和自己作对，不是苦行僧的苦行，而是养成一些更好的习惯，更加顺应规律。今天的克己功夫：坐姿随时保持端正。

今天的复习计划是看完第 2、第 3、第 4 三章，做一套模拟题。明天是把第 4 章的习题做完，看看第 1 章，然后做另一套模拟题、熟悉一下书。

2016 年 10 月 23 日　星期日　GMT+2　12:00
47.4716° N, 9.50548° E

　　周日在家复习考试。订了下周去北欧以及下下周去西班牙的行程和机票。这算是第一次长时间的自由行。订旅程和机票酒店需要一定时间，但过程还是很有成就感的。

2016 年 10 月 24 日　星期一　GMT+2　12:00
47.4715° N, 9.5054° E

　　周一中午考财会。考的题比样题要难，答得不是很满意。

　　下午 Matlab 课前看成绩反馈，发现上周考试提交的文件格式出错了，代码都是结果而不是指令。实际上我基本都做对了，但文件没保存对，老师看不到，只给了 25 分，是全班最低分，而且这是计入期末成绩的，占六分之一。刚开始比较生气，但之后静下心来，觉得一是要把正确保存文件学会，避免下次考试再出现这样的错误，于是在网上查了查，也问了问同学，明白是哪里操作有误了；二是跟老师说一下情况，看看能不能通融一下给补测的机会，我觉得发邮件会把前因后果说得清楚一点，于是给教授发了一封邮件，先很诚恳地承认错误，说是我格式没保存对，能给一点分已经很感谢，再问能不能有重新测试或提高一点分数的办法。教授回信语气比较客气，但是说不能补测。下课之后我当面又问了一下，教授还是说没有办法，但毕竟只占六分之一，之后好好考还是能有个不错成绩的。所以只能好好把握接下来的几次考试。

　　但总体来说，遇到情况能及时调整心情，想办法应对，对心态的调整能力比较满意。

2016 年 10 月 25 日　星期二　GMT+2　12:00

　　周二仍然是中午小组讨论，下午上一节历史课。今天历史课讲的是弗洛伊德，给看了两篇他的经典文章，很难理解。但一个观点是人们的行为都是"重复"和"代替"的结果。总是有一个原始情景，人们不自觉地重复着这样的情景。这种观念重塑了初始阶段的价值，之后的任何阶段都是折射，无论是什么形式。

2016 年 10 月 26 日　星期三　GMT+2　15:59
9404, Rorschacherberg, 圣加仑 , 瑞士
12℃ Mostly Cloudy

周三做完了 matlab 课的作业，打了太极拳，洗了衣服，准备出游的行李。

下午去市政厅交材料，正好出门，于是和同学决定去后山走走。上次登山只走了一半，没有到达山顶，所以这次决定要一看究竟。山间雾气很大，入云深处亦沾衣，我们也是走走歇歇，沿途都是白茫茫的一片，倒是从未有过如此经历。到了尽头，有一户农家，主人正从牛圈出来，问了我们的来意，说这里已经是山顶了，但由于有雾，不能看到山下的美景。我们在牛棚旁的长椅上坐了坐。雾色中牛悠闲地吃着草，若是没有这白茫茫的一片雾气，它们也是这样悠闲，仿佛眼前见到的、见不到的，都与它们无关。之后雾气有所消散，下山回家，已经 6 点了。

2016 年 10 月 27 日　星期四　GMT+2　12:00

　　周四上午战略管理课。开始是两个小组展示，其中提到如何了解一个公司，老师说他认为最好的办法就是找公司里面的人聊，聊的人可以是不同办公室的人，看看他们如何说、如何对待你、如何对待同事，从观察中得到结论。当然聊不是用一种使人厌烦的方式，而是很自然的，这也是他这些年使用的方法。这让我想到在中信和渣打实习的时候，确实通过和同事聊天对公司文化有了挺直观的感受。对老师的这个方法我还是比较认同的。

　　下午理了发，收拾了行李。晚上 7 点 50 分从罗尔沙赫出发，到苏黎世是晚上 9 点，之后转车去德国汉堡。

2016 年 10 月 28 日　星期五　GMT+2　22:14

　　昨晚的列车是从苏黎世到德国汉堡，因为订得晚，没有卧铺的票，坐着睡觉有点难受。4 点多的时候起来活动了一下，然后又睡到 8 点下火车。

　　在汉堡只是简单转了一下车站周围的湖。当时下着一点小雨，湖周围有些冷清。之后从火车站搭乘地铁去机场。坐的挪威航空的飞机，飞行一个半小时到达挪威奥斯陆机场。

　　刚下飞机觉得挪威天很蓝。气温和瑞士差不多，有一些冷，但穿上保暖外套也算舒服。走在街上很清爽，这是对挪威的最初印象。感觉高纬度地区天然的寒冷也塑造了奥斯陆"干净"、"洗练"的格调。街上是成堆的落叶，正是金黄的颜色。

　　今天晚上在酒店办理入住后，出去看了皇宫、城市大道（Bogstadveien 大街）、奥斯陆歌剧院。在沿街步行途中，确实看到不少青铜雕像，但和维也纳不同，这里的雕塑大多是现代题材。

　　在奥斯陆觉得居民很热情。我们在用地图找要看的景点时，会有人主动过来问我们是否需要帮助。房东太太前几天来奥斯陆玩，也是说很喜欢热情的当地人。在街上见到的挪威人普遍偏高，身高在2米左右的时有看到。

　　觉得很有特色的是奥斯陆歌剧院，这也是奥斯陆的地标建筑。它的设计和中国国家大剧院、悉尼歌剧院有相同的地方，都是在一片水域的中央。但不同的是，奥斯陆歌剧院的外层本身就是有较小倾斜坡度的平台，人可以毫不费力地步行到歌剧院顶部，且不用爬一层台阶。在歌剧院上可以看到水域对面的建筑，还有山上的灯火人家。

2016 年 10 月 29 日　星期六　GMT+2　18:12

5718, Myrdal, 松恩—菲尤拉讷郡，挪威

3℃ Light Rain

　　今天早上起来先去雕塑公园。本以为雕塑公园的主角应该是雕塑，但到了之后发现今天的主角其实是"金秋"。在公园的草坪上、道路两旁、长椅上都铺满了金色的叶子。正值早晨八九点钟，阳光穿过银杏叶打在脸上，即使在冬天仍是满怀的希望，而即将生活在漫漫冬夜的挪威人可能比我们更需要这温暖光束的慰藉，有三三两两的跑步者和在长椅上休息的人，看上去都很享受。

　　雕塑主要集中在一个石桥和石阶上的平台，风格与在街上见过的又有不同，都是人物运动的体态。单看雕塑并没有欣赏到其中的美，但置身在公园里，多少有些不同。雕塑平台是整个园子的最高点，登临远望，想到"独立寒秋"，"万类霜天竞自由"，觉得秋天的美可能在于"寒冷"和"希望"的结合。寒冷洗去了多余的浮躁，让阳光带来的"希望"尤其可贵。

　　下午坐火车从 Oslo S 站坐到 Myrdal，然后换乘小火车到 Flam。坐火车途中又体会到自然景物的一层乐趣。"四时之景不同，而乐亦无穷也"，这个乐是相同地点，时间不同造成的景物差异；而这次体会到的是不同地点，在同一天，却觉得像从秋天驶入冬天。沿途点缀着的是皑皑白雪，而与我国东北地区不同的地方在于这里还有流动的湖泊，还能看见浮冰和浪花的交界。这种冬意不如"独钓寒江雪"那样决绝，反倒像老舍笔下《济南的冬天》，"山尖全白了，给蓝天镶上一道银边。山坡上，有的地方雪厚点，有的地方草色还露着，这样，一道儿白，一道儿暗黄，给山们穿上一件带水纹的花衣"，别有一种可爱、精致的北欧风光。

再往西北就是茫茫雪原和林海，在这里我们换乘小火车去弗洛姆小镇。小火车是观光车，沿途有一处瀑布，让乘客可以下车参观 5 分钟。瀑布本身不能算壮观，但在这样严寒的雪镇，能看到活水从冰凌间飞泻而下，隔着百米就能感受到飞溅的水汽，也算是奇景。这里的美也是一种流动和静止的搭配，占了"奇伟瑰怪"中的"怪"。不经意间回头去看火车，在雪夜背景中发着红晕的温暖的光。

到达小镇后找到预订的酒店花了些时间。因为住地有点像农庄，没有路灯，6 点不到就漆黑一片，第一次走时误了路标，况且附近毫无光亮，寻找住所时也有些慌张。而找到房子后踏踏实实出来吃晚餐时，抬头看到布满整个天空的星星，再看这条小径就觉得不是那么昏暗了，心情也变得愉悦。这个小插曲不禁想到：人的心情不同、视野不同，走同样的路，会有全然不同的感受。

　　晚餐在弗洛姆当地一家很有特色的餐馆吃的。合点了一份套餐，一共 5 道菜，都是精致的小碟，每道菜后配了 5 种不同的当地的酒。菜肴比奥斯陆吃得更加可口。

2016 年 10 月 30 日　星期日　GMT+1　21:58
Byparken, Bergen, 霍达兰郡 , 挪威
8℃ Light Drizzle

　　早晨在弗拉姆。因为没有上网查询轮船的出发时间，误了上午的班次，而下午一班要等到 3 点，所以午饭后在弗洛姆徒步走了走。这里自然景色和因特拉肯相近，雪线在半山腰偏上一点的位置，但时而会有山间的小瀑布从两峰山脊中穿流，为突兀的群山挂上了流动的缎带。来回走了两个小时，回到镇上的游客中心稍作休息，就上了游轮。

　　这次游览的是松恩峡湾的一段，全程两个小时。走的路线（昨天的火车和今天的游船）是被挪威旅游局命名为"挪威缩影"的行程。峡湾和想象中的不太一样，以为会是在大西洋边，在浪花翻滚中看到岸边的浮冰，但其实在峡湾航行是很平静的。甚至有点像桂林山水，完全可以

撑一只船，无动力地任它东西。我们坐的船好似专门为航行峡湾设计，几乎没有发动机的声音，在船头更能体会到划过水镜的轻柔。这种美感恰似冬天的初雪，若是下了一晚，第二天醒来，看到一片均匀的未着足印的薄层，想踏上去又恐破坏这层纯净。当然，两山夹水而为峡，看峡湾自然也是少不了山的。两岸的山一半是因为积雪，一半是因为远岸的水雾，总是披着薄薄的轻纱。在峡湾的山显得更加宁静，是秀气的、闲逸的。

下船后乘大巴和火车到达卑尔根。晚上吃完饭后看了卑尔根的中心广场。池中的水拍打着池边，不像海水敲击海岸那样急促，反倒像叮咚的山泉。

因为山间有雾，没有上山看夜景，看完广场后就走回了宾馆。

2016 年 10 月 31 日　星期一　GMT+1　14:10

Fløyveien, Bergen, 霍达兰郡 , 挪威

10℃ Light Drizzle

　　今天在卑尔根游览。一早先去了卑尔根古城，最具代表性的是一排建筑风格一致而颜色各异的木头房子。这些房子面朝海港，现在的用途是一些小商品店。在来北欧之前，房东太太给我们看了她在卑尔根的旅游图册（她每去一个地方都会制作一本精良的图册，里面大部分是她拍的风景照，还有一些她和旅伴的照片，她会很享受地和我们分享各地的见闻和照片的故事）。很多张是这些房子，在天气晴朗时鲜艳的色彩确实有一种别致的格调。看介绍说，这一排建筑都是 18~19 世纪修建的，这片地区又名"布吕根"（Brygeen），意思是"德国码头"，1979 年被

联合国教科文组织列为世界文化遗产。但因为今天是阴天，下着雨，并没有很被这些建筑吸引，反倒觉得如果不知道这是景点，如果不知道这些建筑的悠久历史，只会当成平常商铺看待。

　　之后去卑尔根的鱼市吃午餐。与之前去过的美国旧金山和澳大利亚的渔人码头不同，这里的鱼市游客不多，像是在餐馆吃饭，没有人来人往的匆忙和喧闹。这里的三文鱼刺身确实味道不错，但鲸肉较硬，不好吃。

　　从鱼市出来，雨又下大了，之前的鞋不太防雨，加上寒冷的天气，决定去商场买一双鞋。有了买鞋的标准，挑鞋就专找耐冻、防雨的，穿上后不再漏雨、冻脚，鞋达到了这两个标准，就觉得很满意。后来想这件事情，觉得看待问题制定自己的标准是重要的。前两天看到有一篇公众号推送，讲就业选择的，摘录一段：

"假设我们面前有西瓜、桔子和毛桃，现在要选吃什么水果。我对于水果的味道、口感都不在意，只关心吃起来方不方便。西瓜需要切，毛桃需要洗，桔子剥了皮就能吃。以'吃起来方不方便'来建立一个结构，西瓜、毛桃属于'不方便'的类别，桔子属于"方便"的类别。而另一位同学对于麻不麻烦并不在意，反正最多就是洗一洗、削个皮，麻烦不到哪去。他最在意的是'养生'，西瓜性凉，桔子上火，桃养胃。以'养生'来划分，西瓜、桔子不合格而桃最合适。当然还有张三最喜欢水分多所以选西瓜，李四喜欢酸的所以选桔子，有人关心形状，有人关心颜色，反正仅仅三种水果我们就能想出无数种结构和思路。所以我们应该选哪一种结构？当然是最能够帮助我们做出选择的那种。我们每个人都有各自的价值偏好：有的害怕风险，有的关注物质，有的在意社交环境，有的追求新鲜感。有人感觉一边喝茶一边观察办公室政治是极大的乐趣，

所以他一定要进入体制；有人感觉如果 30 岁时就能预判自己 50 岁的样子是最大的悲哀，所以他坚决不当公务员；有人对工作最大的期望是'坚决不要加班'，那结构就应该按照最重要的那个维度去切。"觉得有些道理。

　　之后步行到弗洛伊恩山，坐小火车上山。山上雾气正浓，这里若是晴天本是俯瞰卑尔根全城的绝佳位置，但今天"惟余莽莽"。好在山巅的缆车站还能往另一个方向走，大概步行半公里，就看到了一片湖。对于湖，这样的雾气却很相宜，想到"水澹澹兮生烟"，又见水上有横木，好似一只原始木筏，想到"野渡无人舟自横"。进而意识到，景物和诗文的美是相辅相成的。诗对体会景物意境美的作用不必赘述，而景物对诗的贡献我之前没有想过。现在觉得，品读诗句是第一层，体会情感是第二层，而看到身边景物，唤起诗句可能要更高一层。它的美在"若

合一契"，借诗人之口表达眼前所见所感，有时候是细微的体察、不经意的发现，会有会心一笑，这何尝不也是"蓦然回首，那人却在灯火阑珊处"？

坐缆车到半山腰的位置才能从不那么浓密的雾色中窥得卑尔根的景致。这比地图更加直观，看到整个城市被分割成若干小块，港口两旁建筑错落有致。

之后赶飞机经停奥斯陆，飞往特罗姆瑟。这里纬度有70度，在极圈以内，希望明晚能看到极光。

2016 年 11 月 1 日　星期二　GMT+1　12:00
Grønnegata 27-33, Tromsø, 特罗姆斯郡 , 挪威
-1℃ Mostly Sunny

　　今天早晨 10 点起床，先去宾馆附近吃了早午餐。之后步行走过跨海大桥前往通向山顶的缆车。沿途经过港口，往水下望去，能看到深达三四米的湖底。周围是停泊的船只，通勤并不繁忙，偶尔见到一艘从远处驶来的帆船，就会带起船尾后面水域向两旁扩散的成片的涟漪。码头的尽头是一把长椅，木质的座椅上结了一层冰晶，如果愿意掸去碎冰坐在椅子上，就能更悠闲地看远处洒满阳光的雪山。

　　特罗姆瑟的地理位置决定了它独特的极地气氛。这里接近北纬70度，在北极圈以内，中午最明显的感觉是太阳格外刺眼，正视太阳看不到轮廓。在桥上走，若是欣赏湖面的开阔，却不能尽情远眺，因为水平的湖面对光的反射极强。极地的气质多少可以用其中的"极"字概括：严寒、强光、大雪。但另一方面，对人类生存而言恶劣的自然环境也常保留下一方净土。乘坐缆车到达山顶后，走出小屋是另一幅爬山的景象。这里全然没有石阶修建的山路，脚底只有比鞋高度更厚的白雪。前人留下的脚印四通八达。从平台可以一路向山上走，我们走了大约半小时，看到各个角度、各种阳光色彩下的特罗姆瑟岛。回到休息站之后点了杯咖啡，静静地等天色一点点暗下来，灯火也一点点明亮起来。下午4点过后，太阳光完全消退，岛上的灯光把整个岛点缀起来，像镶嵌珍珠玛瑙的一块黑色玉石。这里的夜景肯定不如黄浦江畔繁华，但在如此高的纬度、不利的自然环境下还有如此繁密的人类活动，也有一种感动。特罗姆瑟的雪地和群山很容易让人联想人类的祖先，第一次见到如此纯净的大地，如此玄美的极光，那种错愕和震撼，可能还一直流淌在后代的血液里。也不禁想到旅游的特点在于压缩后的集中体验。我们只停留了两天，但看到了山顶最美的夕阳和夜景。当然只观赏每一个国家、每一个城市最惊艳的部分，不可避免地错过了建成、创造这些惊艳的心酸与平凡。这是旅游者和当地居民的不同。

晚上 6 点开始随极光团出发。在特罗姆瑟观赏极光是旅游大项，林林总总的极光团上百。所谓极光团，就是由熟悉当地天气的导游驾车带领，在远离城市的郊区找最适合观赏的地方扎营等待极光。我们的团一共就 6 个人，加上一名导游。特罗姆瑟地下交通很发达，隧道都是交错纵横的，因为在隧道行驶不受天气影响，所以城市建设时修建了很多。我们出了隧道后，先是在一处小山岗停下，这里也是一处峡湾的入口，导游姐姐给我们指了极光的方向。肉眼可见的只有浅白色的弧形的光，

但用单反相机拍出来却是绿色的极光。这里还有路灯，而第二个停靠的地方就是完全没有路灯的野外公路。下车是一片冻结的湖面，湖面尽头是左右两座山峰，淡白色的极光正好从两山之间经过。我们站在冰面上，导游给我们合了影。等了15分钟左右，见极光没有增强的态势，我们便上了车，去下一个地点。这处地点是我们扎营的地方，正好在海边的沙滩上，四周有一圈小型岩石，见不到其他团，除了星光也没有任何其他光亮，能听到潮进潮退的声响。导游从车上拿下木头，用打火机点燃报纸帮助引燃。因为海边风大，气温低，火点了好一阵才着。我们围坐在篝火旁边后，导游给我们每人盛了一碗鱼汤。汤是她提前做好的，味道不错，有点像意大利菜汤，装在保温壶里，吃的时候还烫着，这样一碗吃完后全身暖和了很多。在等待极光的时候，导游跟我们聊天。她是波兰人，大学的时候来特罗姆瑟交换，后来毕业就留在了特罗姆瑟，到今年已经7年了。她还讲了一些波兰的文化和童话故事，并给我们棉花

糖烤着吃。这倒是第一次晚上在篝火旁吃东西看星星，感觉很不错。

等待极光的心情是复杂的。极光之所以吸引游人，一方面是因为淡绿色的极光本身很漂亮，另一方面也是因为想成功观测极光很不容易。从纬度来说，需要靠近极圈或者在极圈以内；从季节来说，需要是冬季；从天气来说，不能下雨或下雪；从位置来说，需要在郊区，因为城市光污染严重，不便观察。即使这些条件都具备，也有相当几率看不到明显的极光，所以运气和等待也必不可少。极光的爆发在几秒到几分钟不等，是名副其实的稍纵即逝，而且出现的时机不规律，很有可能几十秒前还完全没有征兆，再看时已经照亮整个夜空。当晚大部分时间是在等待中度过的。好在即使极光暂时缺席，夜空中的星星却始终明亮。整个夜空被成百上千颗星星照亮。在旷野中看星星是和城市里很不一样的，如果能躺下来观赏，满眼只剩下星辰，感受又有不同。北斗七星的勺柄像白色的火炬一样直指北方，各个星系在观测软件的帮助下可以一一找到。

宇宙的无限延伸感此时特别强烈。没有土地山川作为依照，就会感觉置身于这种时间、空间的纵深里，一切生活中的琐碎变得不值一提。"头顶的星空"确实足以和"道德律"等量齐观，都是被一点超越的、更宏大的东西吸纳，从而每一段深邃的凝视有了自身的意义。我们这样看着星空，虽然已经足够壮美，却总希望极光能在下一瞬间不期而遇。我们从晚上 8 点在这里扎营，已经过去了两个多小时，鱼汤很快就喝完了，一袋棉花糖被我们分完，火边的故事也讲完了，篝火不敌寒冷的海风，渐渐要被熄灭，然而肉眼所见的极光始终只是浅浅的一弯，横贯半个天河，但亮度不如银河，也只是淡白的颜色。我们继续等待。看向海边时，水中近岸有一些很小的发光的物质，捞起来看时却不发光了，应该是细小的颗粒或是海洋生物，大一在秦皇岛游玩时也见到过。海水很有节奏地拍打着岸边，在篝火即将熄灭的时候，反而被一种神圣的静谧笼罩，眼睛也更加适应黑暗的颜色。10 点半左右，极光第一次爆发了。真的是一瞬间，淡白色的光束开始爆发成浅绿色，像海浪一样的速度腾挪旋转，炸开一片玄幻的光墙。能很清晰地看到极光的流动，是拥有垂直高度的一段光波，横跨天河两端的极光桥也在眼前凸显出来。那一刹那，团里的所有人都叫了起来，连带团无数的导游都充满喜悦，招呼我们跑到海边照相。我们排队照过相后，极光开始渐渐消散。等到再躺下细细品味这神奇的光束时，它又变回了淡白的颜色，5 分钟后还原如初。又经过一个小时的等待，到了 11 点半，看到了第二次爆发。这次极光不按照东西两端呈半弧形，而是从远处蜿蜒而来，散射的光线很像以前电影放映机发出的光束，在天幕上放映出的玄妙的杰作。凌晨一点返回酒店，还有意犹未尽之感。

后来想起观极光的过程和感受，觉得人生就像是追逐极光的旅程。人们生而就有一种探究、领略与人类对美的本能感受力相匹配的景观的愿望，也生而就有一种发掘、实现与自身禀赋相符合的特殊天才的追求。从古至今，从少年、青年、壮年到暮年，这种愿望和追求始终萦绕在有

143

志者的心中。但历史和生活经验又往往告诉人们，历史的规律和个人命运似乎和个人愿景有着并不总是一致的关系。观赏极光的游人能做的只是选择一个好的时间、好的季节、好的地点和耐心的等待，但多数的时候仍会是徒劳而返。王尔德说浪漫的本质是不确定性，那生活的本质会不会就是偶然性？历史的长河总是洗尽铅华，把最值得沉淀的人物事件留给后人，但多数未曾留名的时间逆旅中的百代过客何尝不是一样渴望、一样执着地守望极光呢？这种必然性和偶然性的交织又何尝不是人生、命运最玄妙的乐章？李泽厚给出的方法是"注意自我选择，注意使偶然性尽量组合或接近于某种规律性、必然性"，我一直以为这句话是很朴素但极有意义的。今天早晨知道了川普竞选成功美国总统的消息，觉得不可思议，也当作是一次必然和偶然的结合，却分不清这是必然中的偶然还是偶然中的必然。可能极光爆发前总是这若隐若现的状态，给人去追寻、去守望的欣喜和失落。雪大了，思绪又回到了史铁生笔下的那个雪夜，老和尚给失明的小和尚开了药方，说用心弹断一千根弦，再取出琴中的药方就能治好眼睛，结尾有一段："目的虽是虚设的，可非得有不行，不然琴弦怎么拉紧，拉不紧就弹不响。永远扯紧欢跳的琴弦，不必去看那无字的白纸"。夜深了，想起《明朝那些事儿》里当年明月写在龙场夜里无眠起而散步的王阳明时说，三十多岁的他并不知道，他即将重新登上历史舞台，书写人类历史上最光辉灿烂的一笔。也许谁都无法提前得知命运的安排，但前路总是要好好走的。二十岁的青年又何必担心未来的道路是否是光明而不凡的呢？事功和心性需要年月的积累，偶然性需要必然性的契合。将要等到极光的幸运者，请不要着急，历史的舞台总会保有耀眼的一席，还是交给未来的历史畅销书作者用龙应台式的笔调轻快地写下："你慢慢来，你慢慢来"。

（2016年11月1日于特罗姆瑟初稿，2016年11月9日于里斯本终稿）

2016 年 11 月 2 日　　星期三　　GMT+1　　12:28
Hjalmar Johansens gate 10-12, Tromsø, 特罗姆斯郡 , 挪威
-1℃ Mostly Sunny

　　今天 11 点多起来，早晨逛了逛附近一个水族馆，看了喂食海豹。今天的太阳没有昨天那么刺眼，中午的光线也比较温和。中午吃了热狗，正好看到小店里还有卖《经济学人》杂志的，就买了一本。回宾馆等的时候翻了一篇讲中国的文章，说从钢铁减产、室内禁烟、控制房价政策与实际落实的反差中看到，尽管政治权力集中，但由于地方政府与政令的改革有利益冲突，还是有"政令不出中南海"的情况。文章的观点是尽管中央对于地方政府在政治上有绝对的管控，但在改革时若是经济利益有冲突，还是会有极强阻力。

下午看公众号，有张维迎教授和林毅夫教授关于产业政策是否有效的不同观点。林认为产业政策是必要的，张的观点是产业政策有悖企业家精神。对张这个观点比较感兴趣，找了一篇他阐述企业家精神的演讲。他的主要观点是创新是不可预见的，需要市场这个平台给企业家试错，保留下优良企业家，进而创新进步。

我是这样看的：他关于政府不可取代企业家的论证是很有说服力的，我也认为企业家精神是创新、经济发展的一个动力。但说创新不可预测有些绝对。诚然，一个具体的创新，比如他举例的腾讯、Cisco 公司可能在初期很难判断是否是有前景，但促成创新的环境、鼓励创新的平台，多少有规律可循。政府要做的不是支持或反对一个具体的创新——这交给市场来完成，而是要在环境平台的搭建上下工夫。具体来说，就是要提高试错的效率，不要让有潜力的企业因为制度而淘汰，也不要让低创新的企业因为制度而存活，要把市场这张过滤网做准确。

飞机上看了一点格林斯潘自传。感到他在美联储是一个平衡的原则，相当于刹车，经济发展好的时候主动加息预防通胀，不惜经济衰退，所以和白宫的意见总有不同（总统为了支持率会倾向减少失业、刺激经济）。央行的政策也是在两个平衡木之间行走，不能经济过热，也不能增速过缓。

然后前往机场。今晚到达芬兰赫尔辛基。

2016 年 11 月 3 日　星期四　GMT+2　17:58
芬兰湾，芬兰
−3℃ Mostly Cloudy

　　今天在芬兰首都赫尔辛基游览。看介绍说，"赫尔辛基是除了冰岛的首都雷克雅未克之外，世界上纬度最高的首都。因为濒临波罗的海，也被称为'波罗的海的女儿'。她是一座具有古典美的城市，城市里有大量日耳曼式和俄式的精美建筑。赫尔辛基市区内的湖泊星罗棋布，是欧洲植被覆盖率最高的'大'城市，也是一座安详而平和的花园式的城市。因为地处世界设计中心——北欧，赫尔辛基也是一座充满现代文明气息的城市。"我们到的时候正巧下雪，加上街道上房屋规则、正正方方的建筑风格，反而很像漫步在俄罗斯的感觉，和之前的挪威北欧情调有所不同。

　　先去的赫尔辛基大教堂，但正在装修，只看到教堂前的广场。在雪天，白色的教堂显得更加肃穆。

　　之后来到岩石教堂。这个教堂有两点很有特色：一是名副其实，四周全是岩石。这是一个圆形建筑，直径约 50 米，高度约 30 米，下层是大块石块，上面一点是小型岩石。再上面是一层玻璃，盖了一些积雪，时而听到白雪漱漱地滑落。二是没有一处神像，只在台前有一方极小的十字架，周围不起眼的位置摆了几支蜡烛。而形成鲜明对比的是像音乐厅一样的大排扬琴和四周的音响设备。放的曲目是古典音乐，与宗教一点不沾边。这更像是"岩石音乐厅"，或是"大自然的宗教"。这里没有华丽的雕刻，但在诠释宗教和自然的关系上，这个建筑给人不一样的思考。

　　最后到达西柳贝斯公园，是纪念芬兰音乐家西柳贝斯而建造的。公园除了有一处管风琴的银质雕塑，其他未见不同。由于昨天刚下雪，金黄的落叶有的掩埋在雪下，有的露出一点，白雪和落叶交相呼应，别有趣味。公园附近有一小湖，湖边石头有一点白，还有天鹅在夕阳余晖下游弋，很祥和，赫尔辛基大抵是一座安静的城市。

晚上搭乘游轮到斯德哥尔摩，游轮挺大比较平稳，第二天早晨 9 点半靠岸。

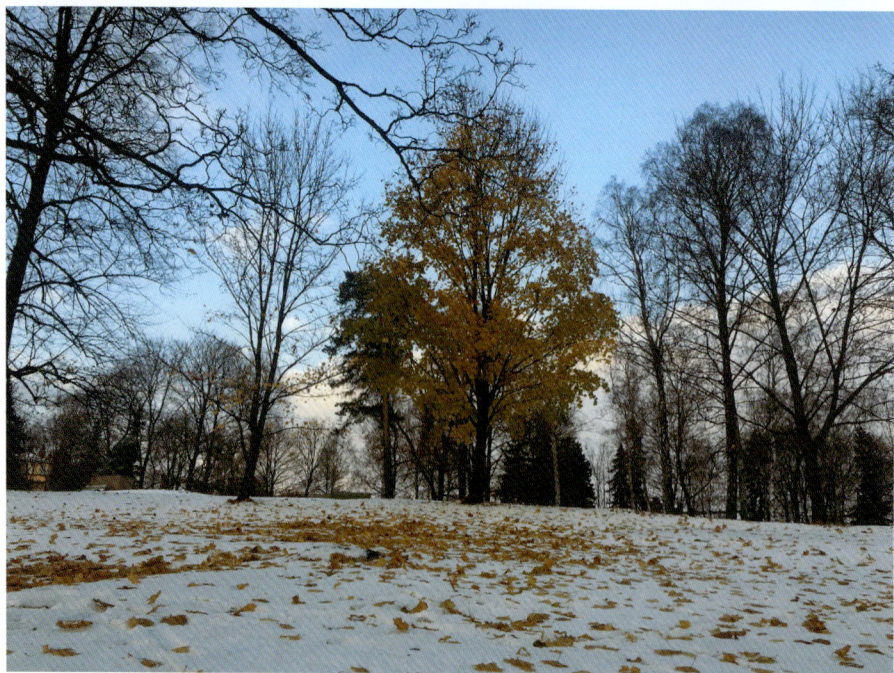

旅
游
学 欧
杂记

2016 年 11 月 4 日　星期五　GMT+1　14:40
Tegelbacken, 斯德哥尔摩，斯德哥尔摩省，瑞典
0℃ Cloudy

　　今天抵达瑞典首都斯德哥尔摩。看介绍说："瑞典王国地处北欧，位于斯堪的纳维亚半岛的东南部，是欧洲最大的国家之一。斯德哥尔摩是瑞典王国的首都，也是瑞典人口最多的城市。自 13 世纪起，这里就是瑞典的政治、文化、经济和交通中心，瑞典国家政府、议会以及皇室宫殿都设于此，华人亲切地把这里叫做'斯京'。斯德哥尔摩位于瑞典东海岸，毗邻波罗的海，由散落在湖海之间的 14 座岛屿组成。斯德哥尔摩市内常住居民约 90 万，可以说这里是 20% 瑞典人的故乡。斯德哥尔摩依水而建，环境舒适宜人。由于瑞典的中立政策，这里一直免于战乱，保存良好的老城至今仍是中世纪时期的古朴模样。这里还是诺贝尔的故乡，每年 12 月 10 日举办的诺贝尔颁奖礼与晚宴吸引着全球无数人的目光。"

　　主要游览的是斯德哥尔摩皇宫和市政厅。我们先去的皇宫。有点像英国的温莎城堡，也是每个房间紧密相连，装饰以壁画、雕刻为主。一些配色和图案很有王室特点。皇宫附近顺带参观的还有珍宝展，主要是王冠、权杖和佩剑。比较喜欢权杖的设计。

　　之后去市政厅。由于市政厅仍是政府办公所在地，必须由讲解员带着参观。带我们的讲解员讲得很生动、清楚。先是到达蓝厅。蓝厅是1911 年建造的，是市政厅举办活动最重要的场所，每年有 200~300 次活动，最重要的当属 12 月 10 日诺贝尔奖的晚宴。诺贝尔奖分为经济、文学、和平、物理、化学、生物六项奖项，其中和平奖在挪威颁发，其他五项都在斯德哥尔摩颁奖，而经济学奖不是由诺贝尔本人、而是由瑞典银行创设的。蓝厅能容纳 1300 名宾客，地方本身也不是很大，所以座椅比较拥挤。而诺贝尔奖得主相较其他宾客的特权就是椅子的摆放比别人多空出 10 公分，拥有一点更大的吃饭空间。晚宴上宾客们从一层进入，先都坐满，之后获奖者再从二层进入，会看到楼下 1000 多人，

颇有一种检阅的感觉。蓝厅还有一个特殊之处在于它并不蓝，原因是建筑师本来想把砖刷成蓝色，但后来施工时发现红砖在阳光的照射下很美，完全不需要涂色，所以保留了红砖原来的模样。为了体现是瑞典的市政厅，建筑内所有材料均取材于瑞典。

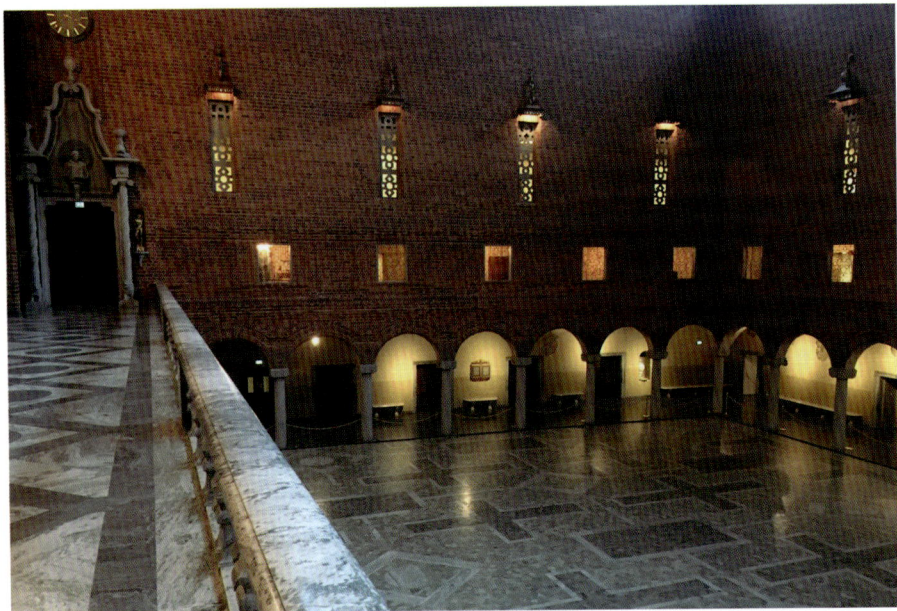

之后是议会厅，也与英国西敏寺宫的议会类似。议会中只有13人完全以此为职业，剩下87人都拥有自己的工作。因此议会的会议多在下午举行，便于全员参与。议会厅摆放在最中间的椅子是主席的，比其他的椅子高一点。议会厅顶高19米，维京风格设计，涂上蓝色，象征着天空的颜色，即议会的内容透明而非封闭。在议会表决时，市民可以随意旁听，不需要提前预约，可以坐200人，而另一边是预留的席位。

之后是百拱厅，穹顶106米，建筑师考察了丹麦，发现哥本哈根的市政厅为105米，于是回来建时设计成了106米，比哥本哈根高一米。

然后是王子画廊和金色大厅。瑞典王子是个艺术家，为使两侧的宾客看到一样的景色，把墙壁一端画上了窗户看出去的景物，也是很有创意的。

最后是金色大厅。据说真的是用黄金和复杂工艺制成，用了1800万块小金砖，但只花了2年完成。所以画像有的还能看到错误。这里也是诺奖舞会的举办场地。

2016 年 11 月 5 日　星期六　GMT+1　12:00

奎尔公园 , 巴塞罗那 , 加泰罗尼亚 , 西班牙

20℃ Showers Nearby

　　今天早上 10 点多起床，为了赶下午的飞机，没有逛其他景点。傍晚飞机起飞，到巴塞罗那是晚上 8 点。西班牙天气很清爽，气温和深圳类似，从寒冷的北部飞来顿时觉得很舒服。

　　刚到巴塞罗那很直接的感受是足球热情很高。有成片的绿茵足球场，吃饭的小餐厅里也都播放着足球比赛。看介绍说：" 巴塞罗那位于伊比利亚半岛的东北端，比利牛斯山为她挡住了来自北方的寒风，地中海又赐予这座城市无限温柔。碧海蓝天，清透灿烂如橄榄油般流泻的阳光总能令这座城市在照片中呈现出不一样的光影与色彩。" 第一天就感受到了这座城市的活力，接下来希望能感受到其中艺术的魅力。

2016 年 11 月 6 日　星期日　GMT+1　17:42
米拉宫 , 巴塞罗那 , 加泰罗尼亚 , 西班牙
13℃ Mostly Cloudy

　　今天第一站是巴塞罗那圣家堂。昨晚查攻略看到现场买票要排队，所以直接在网上购了票，是 9 点半的，到了之后发现已经有了一些游客。圣家堂是西班牙著名建筑师高迪最具代表性的建筑。他花了 40 多年时间对教堂进行设计，只亲眼看到了第一座尖塔的完工。目前圣家堂仍有大吊车每天施工。为了纪念高迪，计划在 2026 年，也就是高迪逝世 100 周年之际完工。最先看到的肯定是教堂的外观，雕刻很精美，内容也与一般教堂有所不同。高迪很重视自然，所以门上雕刻的是藤叶，连教堂每座塔的顶端放置的也是葡萄、苹果等各种水果的造型。走进教堂之后更加震撼。一是色彩，高迪用不同颜色的琉璃装饰玻璃，在阳光的照射下自然就形成了五颜六色的光束。高迪说："光束令人愉悦，愉

悦是精神的幸福。"圣家堂的光束的确让人陶醉。石柱都是树木形状，配合上陆离的光影，仿佛在一片七彩的森林中漫步。这里宗教的主题也被淡化，有点像斯德哥尔摩的岩石教堂，但远比前者蕴含的自然意义丰富。最不可思议的是建筑的内部细节也都极为丰富、精美。如此宏大的教堂，需要多么缜密而强大的头脑去设计、创造。由此想到，建筑可能是艺术的顶端。一首曲子，段落间纵使浑然天成，每一乐章也是随小节分划，音乐被限制在了时间内，是一维的艺术；一幅画作，构图即使巧夺天工，内容也是展现在有限的一张纸内，绘画被限制在了平面内，是二维的艺术；但建筑更多了一个维度，在一个不加限制的空间内，如何

放置每一块内容，这种组合在三个维度的延展上是无穷的。无穷才是艺术的本性，无法利用重复获得，所以只有艺术需要天才，只有天才创作艺术。更何况建筑还要符合力学规律，艺术家要在熟练掌握光学、力学、几何的基础上完成创造。"从心所欲，不逾矩"，如果说对规律的娴熟驾驭是自由，那么高迪的伟大恰在于此：他用建筑道出了艺术的自由。

中午吃了西班牙特色的海鲜饭，味道不错。下午来到古埃尔公园。这仍是高迪的作品，是为支持他建筑创作的资本家古埃尔修建的。在公园中可以直接看到巴塞罗那海边，天空湛蓝，坐在亚热带阔叶树木下的木椅上，感受地中海午后的迷人阳光。

之后到达米拉之家，这也是高迪的作品之一。它是一栋自成一体的波浪形房子，有天井和露台，设计得很精巧。石头雕刻成海洋的形状，还有优雅又符合力学结构的圆拱做支撑。

晚上去巴塞罗那队的主场诺坎普球场，但周日闭馆早，已经关门了，有些遗憾。

2016 年 11 月 7 日　星期一　GMT+1　17:06
诺欧营地 , 巴塞罗那 , 加泰罗尼亚 , 西班牙
13℃ Partly Cloudy

　　今天早晨逛巴特罗之家。同为高迪的建筑，它和米兰之家有很多相似的地方，但作为一栋房子，巴特罗之家显得更加有趣。它整体采用海洋的主题，天井的瓷砖从下至上都是蓝色的，但颜色由浅入深，使光线的折射也有颜色的渐变。很有名的还有漩涡式的屋顶，贝壳装饰的吊灯和不同颜色的玻璃，在阳光的照射下就像浅滩的海底，是明暗不同的光束。

　　与圣家堂相比，巴特罗之家更像是一件玩物，足够有趣味，让品游者会心一笑。整个建筑细微之处的处理也让人佩服，电梯、把手甚至是使用的字体都有特殊的处理。建筑师是有"匠心"的。

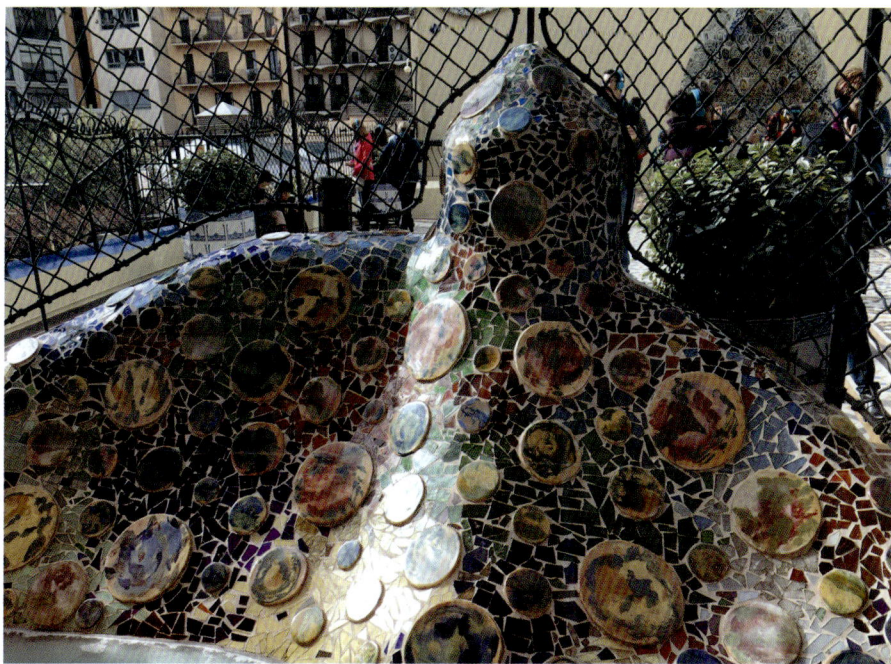

之后来到巴塔洛尼亚广场，据说有喷泉时会随音乐一起舞动。但我们去时没有喷泉，有些失望。

中午到 Boqueria 市场，这里的水果汁是特色。我们点了不同种类的果汁，确实味道不错。

下午来到巴塞罗那海滨，沙滩和海浪给了西班牙应有的活力。但可能是天气较冷，海滩上人比较少。

　　看还有些时间，下午 3 点坐车去了诺坎普球场。今天在营业时间内，
参观了一下球场，看球队的介绍和实地观看草坪、看台之后觉得很想在
这里看一场比赛。可惜我们到巴塞罗那的时间正好在马德里有一场比赛，
而我们去马德里的时候正好晚了一天。以后有机会可以提前查一下比赛
日期安排好。

2016 年 11 月 8 日　星期二　GMT+1　18:34
Jardines del Museo del Prado, 马德里 , 马德里自治区 , 西班牙
8℃ Mostly Clear

今天来到马德里。先参观了马德里皇宫，内饰精巧奢华，最使人留恋的是皇室礼拜堂，大面积金色的雕刻很有皇室的氛围。看了很多出众的建筑之后，就觉得建筑的美也是可以归类的。大抵是内容的精美和形式的精美。皇宫的缺点是只有形式美，但内容的格局是定好的：每间房子都是墙壁的花纹、房间的器物、房顶的壁画和房顶四周的浮雕，而在巴塞罗那的高迪建筑就更胜一筹，在格局上就是创新，让人耳目一新。

　　下午赴普拉多博物馆。看了三四个小时，有几幅画作印象深刻，但大多数作品是典型的宗教题材，多有雷同。

　　马德里的中餐和晚餐各有特色，饮食倒很喜欢。

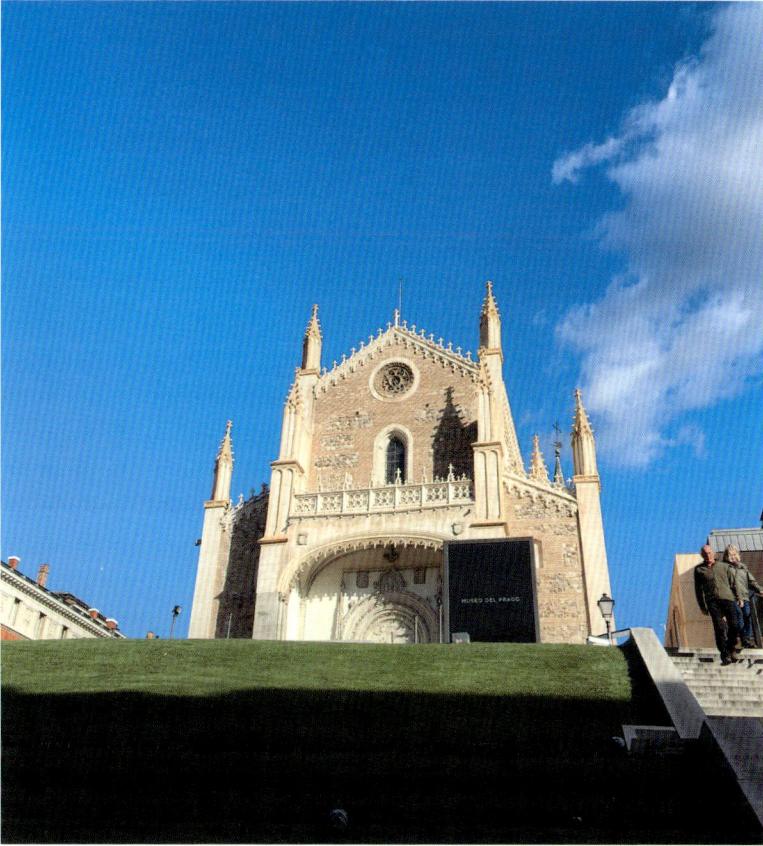

169

2016 年 11 月 9 日　星期三　GMT　17:35

Avenida de Brasília, 阿尔马达 , 里斯本区 , 葡萄牙

16℃ Mostly Clear

　　持续关注一下张、林关于产业政策的辩论。11 月 9 日，北京大学国家发展研究院举行了林毅夫教授和张维迎教授"关于产业政策问题的讨论"的公开辩论。

2016 年 11 月 9 日　星期三　GMT　17:44
Cais da Princesa, 里斯本，里斯本区，葡萄牙
16℃ Mostly Clear

　　昨晚坐了夜班车，今早到达里斯本。看介绍说，"里斯本是座建立在 7 座山丘上的城市，市区地势起伏，可以明显看出高 (Bairroalto) 低 (Baixa) 区。 1755 年的大地震给这座城市留下了深深的烙印，让这座城市挤满了各个时代的建筑和街区。既可以看到用传统瓷砖装饰墙面的历史建筑，狭窄弯曲的考验人驾驶技术的老街，也可以看到震后快速规划的各个大道。就像葡萄牙的语言一样，里斯本是座被冷落的城市。但是里斯本依然是值得你去发现的城市。里斯本阳光充沛，据统计夏季长达 6 个月之久，短暂的冬季也不会有大雪的侵扰。"

　　先去找了住宿的旅店。在找寻过程中，觉得葡萄牙的发达程度远不及之前几站，中央火车站也有些萧条破败，街道和胡同更有点像贫民窟。经过一番波折，找到了我们的旅馆。出来后第一站先去的圣胡斯塔升降机。这个升降机兴建于 1902 年，也算是地标建筑，但从底下看高度一般，就像是个普通的废旧电梯，况且参观又要排队又要收费，而我们还没吃早饭，所以决定直接去蛋挞店。

　　在里斯本一共去了三家蛋挞店，早晨这一家做得比较甜。有一点蜂蜜的味道，但表皮还是很脆，蛋的部分很软，倒是很好吃。下午去的是葡萄牙最正宗的蛋挞店，叫贝伦蛋挞店，从 1837 年延续至今。店里有 400 多个座位，但还是一直有人排队。这个店做蛋挞的秘诀是在桌上摆一瓶肉桂粉、一瓶糖粉，等新鲜出炉的蛋挞上来，在微焦的表皮撒上肉桂粉和糖粉，味道十分美妙。尽管看网上有人评论说百年老店名不副实，但我认为这一家确实是最好吃的。

　　之后去了里斯本主教堂。看过了欧洲各国的教堂，这里的主教堂也

显得没什么特色与值得留恋的地方。

中午到达黑马广场。有一点海边的氛围，从岸边向广场望去，雕塑和拱门相互映衬，算是里斯本一处繁华的地段。

下午坐车到热罗尼摩斯修道院，这个修道院被列入了世界遗产名录。修道院是教堂的延伸：中庭是四面围成的草坪，与其说有宗教色彩，倒不如说有学院气息，很像英美一些知名学府的学院草坪。修道院里面的圆形拱和喷泉会把人拉回到这些精美建筑的实际功用：有一种规矩的束缚感。修道院内也有一座宏大的教堂。如果把看过的教堂整理一下，也会发现教堂的审美维度无非是三种：空间、雕刻、画作。教堂内部空间的宏大会让人心生敬仰，而雕刻和画作会让人沉思、陶醉。

里斯本最惊艳的景色集中在贝伦区，也是地势低洼的海滨。相传贝伦港是地理大发现时代葡萄牙航海家的出发之处。海岸堤坝旁边有一座贝伦塔，有一个大航海纪念碑，但最美的景色却是那里的夕阳。阳

光的颜色与希望的感受直接相连，这种纯粹的美、纯粹的扩大让人惊叹、感动。叔本华称之为"自失"："人自失于对象之中，人们忘记了他的个性，忘记了他的意志"，"那永远追求而又永远不可得的安宁就会在转眼之间自动的光临，而我们也就达到了十足的怡悦。"我们一直在海边等到太阳落山。看着眼前绝美的景色，不禁想到，心学里最终目标要内心澄澈透亮，是否是要求时刻装着散发金光、染红云彩的太阳？还是看到不同景物能感知到不同景色的美好，抑或是只是用心观看景物，无论美与不美都同样接纳？似乎人对于美的瞬间惊叹使人在那一刻进入了更具有创造力的心灵模式，而智者能够温存这瞬间的感受，一点一点地延伸出去，慢慢做到在内心种下一颗太阳，感而遂通。

2016 年 11 月 10 日　星期四　GMT　15:02

2745, Monte Abraão, 里斯本区 , 葡萄牙

18℃ Mostly Sunny

　　今天来到里斯本最西边的小镇，也是整个亚欧大陆的最西岸。我们在下午 4 点左右到达，当地日落时间是 5 点 27 分。于是我找了一个舒适的位置，一点点等待日落。

　　最开始水天相接处很明显，一片是白，一片是淡蓝。阳光金黄刺眼。

　　还剩 20 分钟时，阳光开始柔和，四周的云转为红色。此时的夕阳很像朝阳，仿佛电影《老人与海》中的人物设定，硬汉的坚毅又带着些许慈祥。山色此时也是极美的，缓和的色调更舒缓，更包容。

　　还剩 10 分钟时，月亮变得十分明显，在落日的另一边悄然升起来。海面的光束铺平的道路渐渐变宽，海平面的游船清晰起来。

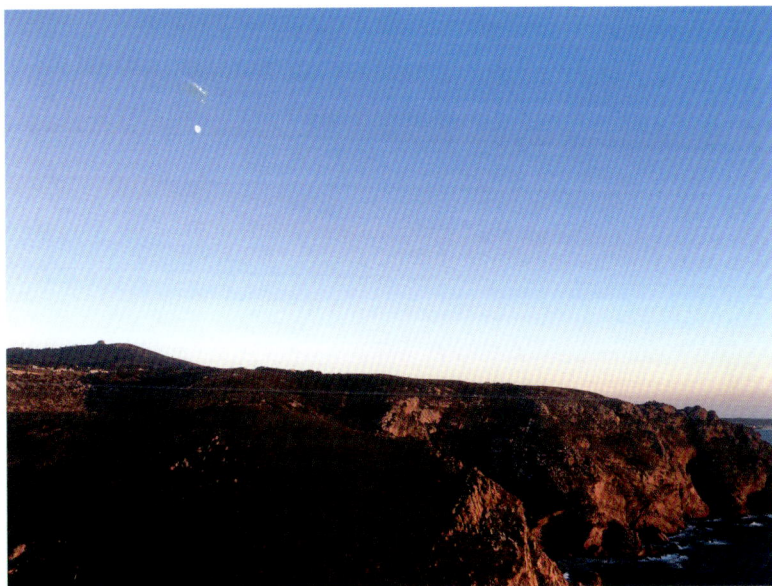

还剩 5 分钟时，太阳光发红，随即渐渐先隐入云内。此时海上的光路消退，只剩下淡淡一抹，而游船特别清晰。

还剩 2 分钟时，太阳完全被云墙挡住，但光线从云反射回来，形成黄色的光环，贯穿南北。

日落时刻，太阳消失在云中，海上的反光消失。山色红晕，天空的色彩呈白、红、蓝的渐变，而每个单独的色彩都是纯色，像是精致的调色盘。

2016 年 11 月 11 日　星期五　GMT+1　17:08
Petit Parc, 凡尔赛 , 法兰西岛 , 法国
6℃ Clear

　　今天先参观凡尔赛宫。记得小学时学过一篇介绍凡尔赛宫的说明文。先摘录一下：

　　《凡尔塞宫》

　　驰名世界的凡尔赛宫座落在巴黎西南 18 公里的凡尔赛镇，它是人类艺术宝库中一颗灿烂的明珠。

　　凡尔赛宫建于路易十四时代，1666 年动土，1689 年竣工，至今约 290 年的历史。全宫占地 110 万平方米，其中建筑面积为 11 万平方米，园林面积 100 万平方米。宫殿建筑气势磅礴，布局严密、协调。正宫东西走向，两端与南宫和北宫衔接，形成对称的几何图案。宫顶建筑摒弃了巴洛克的圆顶和法国传统的尖顶建筑风格，采用了平顶形式，显得端

正而雄浑。宫殿上端，林立着大理石人物雕像，造型优美，栩栩如生。

凡尔赛宫宏伟、壮观，它的内部陈设和装潢富于艺术魅力。500多间大殿小厅处处金碧辉煌，豪华非凡。内部装饰以雕刻、巨幅油画及挂毯为主，配有十七、十八世纪造型超绝、工艺精湛的家具，雍容典雅。宫内还存放着来自世界各地的珍贵艺术品，其中有远涉重洋的中国古代瓷器。由皇家大画家、装潢家勒勃兰和大建筑师孟沙尔合作建造的镜廊是凡尔赛宫内的一大名胜。它全长72米，宽10米，高13米，联结成两个大厅。长廊的一面是17扇朝花园开的巨大的拱形窗门，另一面镶嵌着与拱形窗门对称的17面大镜子，这些镜子由400多块镜片组成。镜廊的天花板上是勒勃兰的巨幅油画，挥洒淋漓，气势横溢，展现出一幅风起云涌的历史画面。漫步在镜廊内，碧澄的天空、静谧的园景映照在镜墙上，满目苍翠，仿佛置身在芳草如茵、佳木葱茏的园林中。

正宫前面是一座风格独特的法兰西式的大花园。园内树木花草的栽植别具匠心，景色优美恬静，令人心旷神怡。站在正宫前面极目远眺，玉带似的人工河上波光粼粼，帆影点点，两侧大树参天，郁郁葱葱，绿荫中女神雕像婷婷而立。近处是两处碧波，沿池的铜雕塑丰姿多态，美不胜收。

凡尔赛宫的修建有一段历史轶事。1661年，居住在陈旧的凡尔赛宫和枫丹白露宫的路易十四，应财政总监大臣富盖邀请，去他新建的府第赴宴。富盖府第的富丽堂皇触怒了路易十四。三周后，路易十四以贪污营私之罪将富盖投入监狱，并判处无期徒刑。嫉妒的心理促使路易十四作出兴建一座豪华皇宫的计划。凡尔赛宫的建造者，几乎全都是给富盖修建府第的人马，因此无论构造还是风格，两座建筑有异曲同工之妙。

今日的凡尔赛宫已是举世闻名的游览胜地，各国游人络绎不绝，参

观人数每年达 200 多万，仅次于巴黎市中心的埃菲尔铁塔。南北宫和正宫底层自路易菲力浦起改为博物馆，收藏着大量珍贵的肖像画、雕塑、巨幅历史画以及其他艺术珍品。凡尔赛宫除供参观游览外，法国总统和其他领导人常在此会见或宴请各国的元首和外交使节。

选入小学课本的都是很规范的文章，这篇对凡尔赛宫的记述有详有略，还是值得一读的。参观时主要对王室礼拜堂、镜厅、战争廊和外景印象深刻。王室礼拜堂和马德里皇宫很相近，也是用纯金雕刻，但这是上下两层，更显宏伟。镜厅极尽奢华，镜子反射太阳光，更有富丽堂皇的感觉，也更加辉煌宏大。皇宫已经看了不少，比如这两周看过的马德里皇宫、挪威皇宫和之前去的英国温莎城堡，觉得最能留下印象的还是布局开阔的长廊，而凡尔赛战争廊的感觉和温莎城堡的骑士长廊类似，也有一种历史的厚重和纵深感。战争廊两旁是巨幅的战争油画和名人雕塑，每幅画作下方都有时间，是对法国胜利战争的历史回顾。走过战争廊，仿佛走过一个国家的兴衰，看到拿破仑奥斯特里茨战役的辉煌和第七次反法同盟的挫败。雕塑中最大的还是拿破仑全身像，其他人物都是头像的雕塑。

凡尔赛的外景有草坪和水池，开阔整齐，很是气派。有点像马丁路德金 1963 年演讲时所在的大广场。

晚上逛了埃菲尔铁塔、凯旋门、香榭丽舍大道。埃菲尔铁塔的夜景更加出众，每到整点的时候有几分钟的闪灯效果，像天上的星星闪烁。凯旋门近看比较高大。香街很热闹，正好赶上圣诞集会，有各种小商品和食物售卖，虽然没买什么，但是氛围还是很喜欢。

上一次来巴黎是 10 年前了，依稀有一些对埃菲尔铁塔、凯旋门和凡尔赛的记忆。重温一下很多年前去过的地方是一种不错的体验，勾勒出一些美好的回忆。

2016 年 11 月 12 日　星期六　GMT+1　18:04

卢浮宫 , 巴黎 , 法兰西岛 , 法国

5℃ Light Drizzle

今天先去蒙马特高地的圣心堂。这里可以俯瞰巴黎。远处能看到埃菲尔铁塔，倒是名副其实的地标建筑。从圣心堂的广场看去，巴黎并没有想象中的高楼林立，外层建筑也以小楼为主，靠近市中心繁华一些。

下午去卢浮宫。卢浮宫的镇馆之宝是三件作品，分别是断臂维纳斯像、胜利女神像、《蒙娜丽莎》画作。前两件作品是雕塑。先看到的是断臂维纳斯，有一篇日本作家的随笔，先摘录一下。

清冈卓行（日本）

《米洛斯的维纳斯》

我欣赏着米洛斯的维纳斯，一个奇怪的念头忽地攫住我的心——她为了如此秀丽迷人，必须失去双臂。也就是说，使人不能不感到，这座丧失了双臂的雕像中，人们称为美术作品命运的、同创作者毫无关系的某些东西正出神入化地烘托着作品。

据说，这座用帕罗斯岛产的大理石雕刻而成的维纳斯像，是 19 世纪初叶米洛斯岛的一个农人在无意中发掘出来的，后被法国人购下，搬进了巴黎的罗浮宫博物馆。那时候，维纳斯就把她那条玉臂巧妙地遗忘在故乡希腊的大海或是陆地的某个角落里，或者可以说是遗忘在俗世人间的某个秘密场所。不，说得更为正确些，她是为了自己的丽姿，无意识地隐藏了那两条玉臂，为了漂向更远更远的国度，为了超越更久更久的时代。对此，我既感到这是一次从特殊转向普遍的毫不矫揉造作的飞跃，也认为这是一次借舍弃部分来获取完整的偶然追求。

我并不是想在这里玩弄标新立异之说。我说的是我的实际感受。毋

庸赘言，米洛斯的维纳斯显示了高贵典雅同丰满诱人的惊人的调和。可以说，她是一个美的典型。无论是她的秀颜，还是从她那丰腴的前胸伸延向腹部的曲线，或是她的脊背，不管你欣赏哪儿，无处不洋溢着匀称的魅力，使人百看不厌。而且，和这些部分相比较，人们会突然觉察到，那失去了的双臂正浓浓地散发着一种难以准确描绘的神秘气氛，或者可以说，正深深地孕育着具有多种多样可能性的生命之梦。换言之，米洛斯的维纳斯虽然失去了两条由大理石雕刻成的美丽臂膊，却出乎意料地获得了一种不可思议的抽象的艺术效果，向人们暗示着可能存在的无数双秀美的玉臂。尽管这艺术效果一半是由偶然所产生，然而这却是向着无比神妙的整体美的奋然一跃呀！人们只要一度被这神秘气氛所迷，必将暗自畏惧两条一览无遗的胳膊会重新出现在这座雕像上。哪怕那是两条如何令人销魂勾魄的玉臂！

因此，对我来说，关于复原米洛斯的维纳斯那两条已经丢失了的胳膊的方案，我只能认为全是些倒人胃口的方案，全是些奇谈怪论。当然，那些方案对丧失了的原形是做过客观推定的，所以，为复原所做的一切尝试，都是顺理成章的。我只不过是自找烦恼而已。然而，人们对丧失了的东西已经有过一次发自内心的感动之后，恐怕再也不会被以前的、尚未丧失的往昔所打动了吧。因为在这里成为问题的，已不是艺术效果上的数量的变化，而是质量的变化了。当艺术效果的高度本身已经迥然不同之时，那种可以称为对欣赏品的爱的感动，怎能再回溯而上，转移到另一个不同对象上去呢？这一方是包孕着不尽梦幻的"无"，而那一方却是受到限制的、不充分的"有"，哪怕它是何等地精美绝伦。

比如，也许她的左手掌上托着一只苹果，也许是被人像柱支托着，或者是擎着盾牌，抑或是玉笏？不，兴许根本不是那样，而是一座显露着入浴前或入浴后羞羞答答的娇姿的雕像。而且可以进一步驰骋想象——会不会其实她不是一座单身像，而是群像中的一个人物，她的左手搭放在恋人的肩头。人们从考证的角度，从想象的角度，提出形形色色的复原试案。我阅读着这方面的书籍，翻阅着书中的说明图，一种恐惧、空虚的感觉袭上心来。选择出来的任何一种形象，都如我方才所述，根本不能产生超越"丧失"的美感。如果发现了真正的原形，我对此无法再抱一丝怀疑而只能相信时，那我将怀着一腔怒火，否定那个真正的原形，而用的正是艺术的名义。

在这里从别的意义上讲，令人饶有兴趣的是，除了两条胳膊之外，其他任何部位都丧失不得。假定丧失的不是两条胳膊，而是其他的肉体部分，恐怕也就不会产生我在这篇文章中谈到的魅力了。譬如说，眼睛被捅坏了，鼻子缺落了，或是乳房被拧掉了，而两条胳膊却完好无损地安然存在着，那么，这座雕像兴许就不可能放射出变幻无穷的生命光彩了。

为什么丧失的部位必须是两条胳膊呢？这里我无意接受雕刻方面的美学理论。我只是想强调胳膊——说得更确切些，是手——在人的存

在中所具有的象征意义。手，最深刻、最根本地意味着的东西是什么呢？当然，它有着实体和象征之间的一定程度的调和，但它是人同世界、同他人或者同自己进行千变万化交涉的手段。换言之，它是这些关系的媒介物，或者是这些千变万化交涉的原则性方式。正因为如此，一个哲学家所使用的"机械是手的延长"的比喻，才会那么动听，文学家竭力赞颂初次捏握情人手掌时的幸福感受的述怀，才会拥有不可思议的严肃力量。不管是哪种场合，这都是极其自然，极其富有人性的。而背负着美术作品命运的米洛斯的维纳斯那失去了的双臂，对这些比喻、赞颂来说，却是一种令人难以相信的讥讽。反过来，米洛斯的维纳斯正是丢失了她的双臂，才奏响了追求可能存在的无数双手的梦幻曲。

这篇小文章倒是写得很有意思。遗憾的是当时我看这座雕塑的时候并没有什么震撼和感想。

第二件是胜利女神雕像。这是三件中我最喜欢的一件。介绍说："这座雕像整个动势结构十分完美生动，雕刻技巧高超，雕像在形式上已转向世俗化、戏剧化和形象的人格化，并以传达人类心理和激情力量为其特征。雕像屹立海边山崖之巅，迎着海风，那前倾展翅欲飞之态，被海风吹拂的衣裙贴着身体，可隐见女性人体的完美，衣裙褶纹构成疏密有致生动流畅的运动感，呈现出生命的飞跃。希腊雕像充满着生命，即使残缺也是活物，人们在想像中弥补了残缺，获得了完满的审美享受。雕像的构思十分新颖，底座被设计成战船的船头，胜利女神犹如从天而降，在船头引导着舰队乘风破浪冲向前方，既表现了海战的背景，又传达了胜利的主题。虽然女神的头和手臂都已丢失，但仍被认为是古希腊雕塑家们高度艺术水平的杰作，不论从哪个角度，观赏者都能看到和感受到胜利女神展翅欲飞的英姿。"

　　胜利女神像相比维纳斯像残缺的更多，没有头，也没有手臂，但多了一双翅膀，给人更多想象和赏析空间。很震撼的是那种英气和向前的力量，和"胜利女神"的名字很匹配。论雕刻的精细程度其实不如馆藏的一些其他作品，但整体的美感很强，有震撼力，驻足观赏会有一种内心的愉悦。

　　第三件作品就是《蒙娜丽莎》。去的时候游人不算很多，稍微等了一下就到了第一排，拍了几张照片，然后就开始静静观赏。在看这三件作品时带着一个问题，就是为什么这些作品是传世之作，为什么说它们的艺术价值高。我始终认为一些深层的感受和深刻的见解不是即刻触发的，需要一些特定器物和时间的积累。所以欣赏这三件镇馆之宝的时候都多停留了一些时间。然而就像格竹七天也没有找到理，断臂维纳斯我转了两圈也没有欣赏到美感。但胜利女神雕像的美我一下子就感受到了，

《蒙娜丽莎》也几乎是这样。不得不说，在卢浮宫看这幅画作和在美术书上看的感受确实有所不同。可能是由于观看实物的画作有一定距离和角度，在画前端详时她的微笑更加神秘。"神秘"像是一个没有什么信息量的形容词，但是确实很难找到一个合适的词。这份神秘像是一杯鸡尾酒，添加了"淡然"、"轻蔑"、"智慧"、"狡黠"在里面。面部表情让人着迷。从美术书上看，《蒙娜丽莎》的微笑是很慈祥的，但现场看有一种猜不透的感觉，不知道是正面还是负面的情绪，"玄之又玄，众妙之门"。想到朱光潜《给青年的十二封信》里第十一篇是谈及蒙娜丽莎的，先摘录一下：

　　去夏访巴黎卢浮宫，得摩挲《蒙娜丽莎》肖像的原迹，这是我生平一件最快意的事。凡是第一流美术作品都能使人在微尘中见出大千，在刹那中见出终古。雷阿那多·达·芬奇（Leonardo de Vinci）的这幅半身美人肖像纵横都不过十几寸，可是她的意蕴多么深广！佩特（Walter Pater）在《文艺复兴论》里说希腊、罗马和中世纪的特殊精神都在这一幅画里表现无遗。我虽然不知道佩特所谓希腊的生气，罗马的淫欲和中世纪的神秘是什么一回事，可是从那轻盈笑靥里我仿佛窥透人世的欢爱和人世的罪孽。虽则见欢爱而无留恋，虽则见罪孽而无畏惧。一切希冀和畏避的念头在霎时间都涣然冰释，只游心于和谐静穆的意境。这种境界我在贝多芬乐曲里，在《密罗斯爱神》雕像里，在《浮士德》诗剧里，也常隐约领略过，可是都不如《蒙娜丽莎》所表现的深刻明显。

　　我穆然深思，我悠然遐想，我想象到中世纪人们的热情，想象到达·芬奇作此画时费四个寒暑的精心结构，想象到丽莎夫人临画时听到四周的缓歌慢舞，如何发出那神秘的微笑。

　　正想得发呆时，这中世纪的甜梦忽然被现世纪的足音惊醒，一个法国向导领着一群四五十个男的女的美国人蜂拥而来了。向导操着很拙劣的英语指着说："这就是著名的《蒙娜丽莎》。"那班肥颈项胖乳房的人们照例露出几种惊奇的面孔，说出几个处处用得着的赞美的形容词，不到三分钟又蜂拥而去了。一年四季，人们尽管川流不息的这样蜂拥而来蜂拥而去，丽莎夫人却时时刻刻在那儿露出你不知道是怀善意还是怀恶意的微笑。

　　从观赏《蒙娜丽莎》的群众回想到《蒙娜丽莎》的作者，我登时发生一种不调和的感触，从中世纪到现世纪，这中间有多么深多么广的一条鸿沟！中世纪的旅行家一天走上二百里已算飞快，现在坐飞艇不用几十分钟就可走几百里了。中世纪的著作家要发行书籍须得请僧侣或抄胥用手抄写，一个人朝于斯夕于斯的，一年还不定能抄完一部书，现在大书坊每日可出书万卷，任何人都可以出文集诗集了。中世纪许多书籍是新奇的，连在近代，以培根、笛卡儿那样渊博，都没有机会窥亚理士多德的全豹，近如包慎伯到三四十岁时才有一次机会借阅《十三经注疏》。现在图书馆林立，贩夫走卒也能博通上下古今了。中世纪画《蒙娜丽莎》的人须自己制画具自己配颜料，作一幅画往往须三年五载才可成功，现在美术家每日可以成几幅乃至于十几幅"创作"了。中世纪人想看《蒙娜丽莎》须和作者或他的弟子有交情，真能欣赏他，才能侥幸一饱眼福，现在卢浮宫好比十字街，任人来任人去了。

　　这是多么深多么广的一条鸿沟！据历史家说，我们已跨过了这鸿沟，所以我们现代文化比中世纪进步得多了。话虽如此说，而我对着《蒙娜丽莎》和观赏《蒙娜丽莎》的群众，终不免有所怀疑，有所惊惜。

在这个现世纪忙碌的生活中，哪里还能找出三年不窥园、十年成一赋的人？哪里还能找出深通哲学的磨镜匠，或者行乞读书的苦学生？现代科学和道德信条都比从前进步了，哪里还能迷信宗教崇尚侠义？我们固然没有从前人的呆气，可是我们也没有从前人的苦心与热情了。别的不说，就是看《蒙娜丽莎》也只像看破烂朝报了。

科学愈进步，人类征服环境的能力也愈大。征服环境的能力愈大，的确是人生一大幸福。但是它同时也易生流弊。困难日益少，而人类也愈把事情看得太容易，做一件事不免愈轻浮粗率，而艰苦卓绝的成就也便日益稀罕。比方从纽约到巴黎还像从前乘帆船时要经许多时日，冒许多危险，美国人穿过卢浮宫绝不会像他们穿过巴黎香榭里雪街一样匆促。我很坚决地相信，如果美国人所谓"效率"（efficiency）以外，还有其他标准可估定人生价值；现代文化至少含有若干危机的。

　　"效率"以外究竟还有其他估定人生价值的标准么？要回答这个问题，我们最好拿法国理姆（Reims）亚眠（Amiens）各处几个中世纪的大教寺和纽约一座世界最高的钢铁房屋相比较。或者拿一幅湘绣和杭州织锦相比较，便易明白。如只论"效率"，杭州织锦和美国钢铁房屋都是一样机械的作品，较之湘绣和理姆大教寺，费力少而效率差不多总算没有可指摘之点。但是刺湘绣的闺女和建筑中世纪大教寺的工程师在工作时，刺一针线或叠一块砖，都要费若干心血，都有若干热情在后面驱遣，他们的心眼都钉在他们的作品上，这是近代只讲"效率"的工匠们所诧为呆拙的。织锦和钢铁房屋用意只在适用，而湘绣和中世纪建筑于适用以外还要能慰情，还要能为作者力量气魄的结晶，还要能表现理想与希望。假如这几点在人生和文化上自有意义与价值，"效率"绝不是唯一的估定价值的标准，尤其不是最高品的估定价值的标准。最高品估定价值的标准一定要着重人的成分（humanelement），遇见一种工作不仅估量它的成功如何，还有问它是否由努力得来的，是否为高尚理想与伟大人格之表现。如果它是经过努力而能表现理想与人格的工作，虽然结果失败了，我们也得承认它是有价值的。这个道理布朗宁（Browning）在 Rabbi Ben Ezva 那篇诗里说得最精透，我不会翻译，只择几段出来让你自己去玩味：

> Not on the vulgar mass
>
> Called "work"，must Sentence pass，
>
> Things done，that took the eye and had the price；
>
> O'er which，from level stand，
>
> The low world laid its hand，
>
> Found straight way to its mind，could value intrice：
>
> But all，the world's coarse thumb
>
> And finger failed to plumb，

So passed in making up the main account;

All instincts immature,

All purposes unsure,

That weighed not as his work, yet swelled the man, s amount:

Thoughts hardly to be packed

Into a narrow act,

Fancies that broke through thoughts and escaped:

All I could never be,

All, men ignored in me,

This I was worth to God, whose wheel the pitchershaped.

这几段诗在我生平所给的益处最大。我记得这几句话，所以能惊赞热烈的失败，能欣赏一般人所嗤笑的呆气和空想，能景仰不计成败的艰苦卓绝的努力。

这篇短文也赋予这幅画作不一样的意义。可能从艺术作品中每个人看到的东西是不同的，画有画中的哈姆雷特，雕塑有雕塑中的红楼梦。

卢浮宫中的其他展品也有很多著名的作品，种类、数量很丰富。

今天晚上在宾馆里看电视，虽然都是法语频道，但报道川普的时候播了一段 2011 年奥巴马在记者招待会上拿川普开玩笑的视频。当时川普公开质疑奥巴马的美国身份，奥巴马在当年的招待会上用调侃的语调取笑川普，还给了丑化川普的剪辑图片，全场大笑。川普也在场，开始的时候挠了挠耳朵，但镜头第二次、第三次给他的时候他是始终保持微笑的。觉得钝感力很重要，就是面对挫折、责骂的承受与反应能力。

2016 年 11 月 13 日　星期日　GMT+1　14:49
47.4999° N, 8.72333° E

　　今天上午去了巴黎圣母院。但排队的人很多，只看了外景。和印象中的已经不一样了，记忆里巴黎圣母院外面是开阔的人行道，但现在是主马路，还有广场上成群的鸽子。

　　这两天在巴黎吃了两顿中餐。中餐在任何地方都是比较保险的选项：很少有很好吃的，但也很少有极难吃的。也算是回味一下家乡的味道。吃了一顿法餐，尝了焗蜗牛。法国烹饪的蜗牛都是大蜗牛，用菜汁入味，口感尚可。巴黎的甜品都是不错的，尤其是牛奶布丁，外焦里嫩，很是留恋。

下午赶火车有些掉以轻心，在巴黎圣母院附近慢慢吃了甜品，仅留了半个小时去火车站，因为站台错综复杂，终于是没赶上。幸好后一班还有几个座位，于是我们坐了后一班的火车，回到家是后半夜了。

2016 年 11 月 14 日　星期一　GMT+1　23:32
47.4716° N, 9.5055° E
2℃ Cloudy

今天是回圣加仑的第一天。早上 10 点起床，到学校火车站附近的超市买了一瓶酸奶、一个带馅儿的牛角包，还挺好吃。第一节课是会计课，新买的课本正好到货了，这周把课本过一下，然后一边读一边写一下批注。觉得外国人写的教科书还是很有意思的，经济学书也是这样，不死板，倒是很想往下读。

下午上 matlab 课，课前的两个小时看了一下上节课内容。随堂的小测完成得还可以。这节课讲的是计量的内容，实用性很强。

晚上打了八段锦、太极拳，做了俯卧撑。已经旅游了两周，虽然没有生过病，但这周也可以在家休息一下，多恢复体力。最近想了想英语，觉得突击和坚持积累犯的毛病都是定的任务量大，剥夺了原来的乐趣。想这周有点时间的话看看美剧，还是之前的方法，只要看一集就模仿 10 句话，也只模仿 10 句话，摘录下来。晚上睡觉之前还是进行一下冥想，有助于缓和心情，也让睡眠质量更高。

旅欧游学杂记

2016 年 11 月 16 日　星期三　GMT+1　14:14
Schurtannenstrasse 13, Rorschach, 圣加仑 , 瑞士
8℃ Mist and Fog

　　今天第一天上行为经济学的课。课上老师用教学软件，比如博弈的游戏，每个学生在自己的电脑上参与，然后分析大家的选择和结果，很有意思。行为经济学是对传统经济学的补充，一些传统经济学较为模糊、粗糙的假设，行为经济学进行完善了，使之更精确、具体。它也关注一些与传统经济学假设相违背的客观现象，并解释背后的原因。

　　中午尝试蛋炒饭，加了火腿、玉米、蘑菇和很多葱花，刷了烤肉酱，味道很好。

　　晚上打了八段锦、太极拳。

2016 年 11 月 20 日　星期日　GMT+1　19:10
Thalerstrasse 6, Rorschacherberg, 圣加仑 , 瑞士
4℃ Clear

　　今天是周日。这个周末因为没有旅游计划比较轻松。从周五定了英语学习计划之后每天都有做一点。周五是背了单词＋美剧学习，周六是背了单词＋美剧学习，今天是背单词＋托福听力一个 section。任务执行起来还不错，问题是在定计划上始终有些犹豫，尤其是什么对口语提高最有效。现在想还是多些选择，也增加些乐趣：每天 50 个单词不变，之后可以做一个小节的听力 tpo、可以学习美剧、可以背语段、可以默写 sss。

旅欧游学杂记

2016 年 11 月 23 日　星期三　GMT+1　22:19
Thalerstrasse 6, Rorschacherberg, 圣加仑 , 瑞士
8℃ Mostly Cloudy

今天听了 tpo34L3，早上背了单词。现在是晚上 9 点半，想过一遍明天小组展示的 PPT，然后打套太极拳、八段锦，就早点洗澡睡觉了。

这个周末若是还在家，就把 matlab 的加分作业做完，然后开始写matlab 和财报的大作业。

现在英语口语练习主要是重复看美剧，把能用上的句子摘录下来，多读甚至背下来，然后不用字幕能听懂就开始下一集。

2016 年 11 月 24 日　星期四　GMT+1　11:13
47.4317° N, 9.37553° E

　　今天上午的战略课轮到我们小组做展示，题目是电子化战略。小组展示作为商学院课程的主要形式之一，在光华也有很多次。相比较而言，外国学生对待小组展示很认真，展示前我们组基本每周碰面一次更新进度。教授会听完展示后给小组一个反馈，说优点和不足，有很具体的细节也有比较原则性的。这点国内的教授一般很少给当面反馈，更多的只是打个分。我们小组的反馈是这么几个方面：

　　一是声音要大，如果要做领导者的角色，做展示时要让最后一排很清楚地听到。

　　二是感情，在念 PPT 的同时有些起伏。

　　三是短句子，教授说做展示不要说很长的句子，每个句子简洁有信息量，容易吸引人。这个在汉语里好像不明显。

　　四是要总结，说我们今后会做许许多多的展示，每次要让人给你反馈，这样积累一定次数会有很明显的不同。

　　五是面向观众，要是面对屏幕会损失一部分声音，直接看着电脑上的屏幕就好，这样角度是对着观众的。

2016 年 11 月 27 日　星期日　GMT+1　21:22
Thalerstrasse 6, Rorschacherberg, 圣加仑 , 瑞士
7℃ Mostly Cloudy

　　今天是周日。本周 7 天，每天的英语单词和听力、口语定额都完成了。今天把摘录的句子从头到尾念了几遍，一些表达很实用，感觉反复熟悉就能加以运用。若能继续坚持两周，养成习惯会很可贵。中午看了遍八段锦的教学视频，改正了一些之前的动作。

　　在国外的生活相比较而言多少有些平淡。所以幸福感、满足感多半是需要创造的。现在发现每天多做一点建设性的事情很有好处，即使是背单词、练口语、锻炼，只要能发现每天的进步，就会有成就感。看一些娱乐节目也很能放松心情。

2016 年 11 月 28 日　星期一　GMT+1　12:00
Thalerstrasse 6, Rorschacherberg, 圣加仑 , 瑞士
3℃ Partly Cloudy

　　周一晚上的 matlab 课上完了，财报课之后在学校彭博机查了财报小组作业的资料。彭博终端机还是用处很大，回去之后有使用的讲座可以听听。晚上把 matlab 课的编程写完了，算是第一次写完了一个程序，中间有几次一直在找错误，后来调好能运行而且结果正确，还是挺激动。

　　晚上打了太极拳。

2016 年 11 月 29 日　星期二　GMT+1　19:05
Universität Sankt Gallen, St. Gallen, 圣加仑, 瑞士
-1℃ Clear

　　今天上历史课，请了一个客座教授来讲凡尔赛的镜子。本来挺期待，因为前两周刚去过凡尔赛，对镜厅印象很深，想听听有什么新的理解。结果这个教授全程在念稿，语调听着也不舒服。他的观点是，镜厅里不只是墙壁上有镜子，在画中也有，而巨幅的壁画更是房间的主题。在画中的镜子是有寓意的，有一幅画的背景是国王决定是否要和荷兰开战，在一个很隐蔽的阴暗面画了一幅镜子，镜子中的倒影是国王，但和镜子外面的国王不一样。他说镜子不是过去的倒影，不是未来的倒影，而像是一个不确定性的倒影。作为今天的人，知道当时历史事件走向如何，但作为当时犹豫的国王，他对于将要发生的事情是未知的，所以镜子像是一个平行宇宙，由此又开两幅历史画卷。

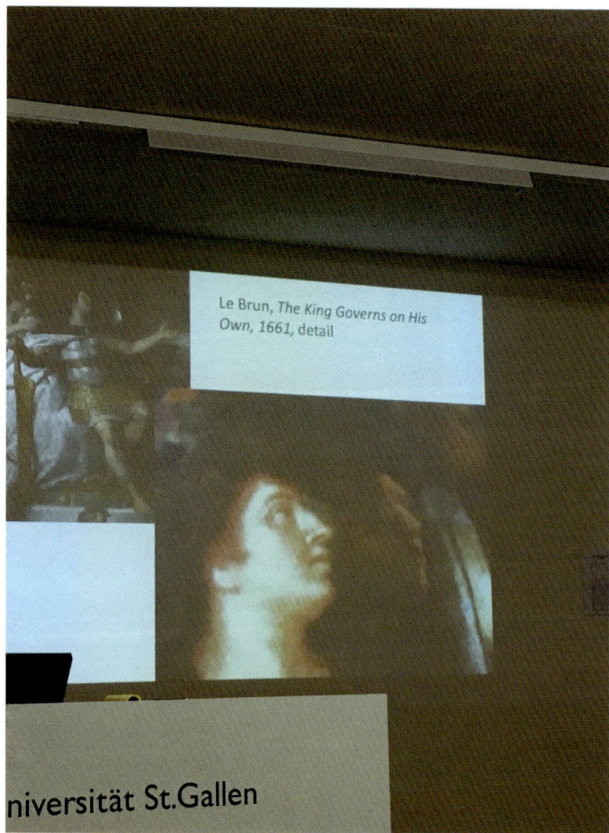

Le Brun, *The King Governs on His Own, 1661, detail*

Universität St.Gallen

2016 年 11 月 30 日　星期三　GMT+1　17:09
Universität Sankt Gallen, St. Gallen, 圣加仑 , 瑞士
1℃ Clear

昨天翻以前日记的时候，看到有很多对《人生的智慧》的摘录，重读很有启发。这本书最喜欢的地方是有很多处能有共鸣。有些名著读不进去，但有些却津津有味，可能也与自己的理解、想法、性情有关。最近买了电子版，摘录很方便，想找到一些好的段落都摘录下来，以后有时间可以重温。

亚里士多德把人生能够得到的好处分为三类——外在之物、人的灵魂和人的身体。现在我只保留他的三分法。我认为决定凡人命运的根本差别在于三项内容，它们是：

（1）人的自身：即在最广泛意义上属于人的个性的东西。因此，它包括人的健康、力量、外貌、气质、道德品格、精神智力及其潜在发展。

（2）人所拥有的身外之物：亦即财产和其他占有物。

（3）人向其他人所显示的样子：这可以理解为，人在其他人眼中所呈现的样子，亦即人们对他的看法。他人的看法又可分为名誉、地位和名声。

人与人之间在第一项的差别是大自然确定下来的，由此可以推断：这些差别比起第二、第三项的差别对于造成人们的幸福抑或不幸福会产生更加根本和彻底的影响——因为后两项内容的差别只是出自人为的划分。人自身拥有的优势，诸如伟大的头脑思想或者伟大的心，与人的地位、出身 (甚至王公、贵族的出身)、优厚财富等诸优势相比，就犹如真正的国王比之于戏剧舞台上假扮的国王一样。

构成现实的客体部分掌握在命运的手里，因此是可以改变的；但主

体部分是我们的自身，所以，就其本质而言它是不可改变的。

一个人所能得到的属于他的快乐，从一开始就已经由这个人的个性规定了。一个人精神能力的范围尤其决定性地限定了他领略高级快乐的能力。如果这个人的精神能力相当有限，那么，所有来自外在的努力——别人或者运气所能为他做的一切——都不会使他超越只能领略平庸无奇、夹杂着动物性的快乐的范围。

因此，对于人的幸福起着首要关键作用的，是属于人的主体的美好素质，这些包括高贵的品格、良好的智力、愉快的性情和健康良好的体魄——一句话，"健康的身体加上健康的心灵"（尤维纳利斯语）。所以我们应该多加注意保持和改善这一类的好处，而不是一门心思只想着占有那些身外的财产、荣誉。

在上述这些主体的美好素质当中，最直接带给我们幸福的莫过于轻松、愉快的感官。因为这一美好的素质所带来的好处是即时呈现的，一个愉快的人总有他高兴愉快的原因，原因就是：他就是一个愉快的人。一个人的这种愉快气质能够取代一切别的内在素质，但任何别的其他好处都不可以替代它。一个人或许年轻、英俊、富有和备受人们的尊重，但如果要判断这个人是否幸福，那我们就必须问一问自己：这个人是否轻松愉快？如果他心情愉快，那么，他是年轻抑或年老，腰板挺直抑或腰弯背驼，家财万贯抑或一贫如洗——这些对他而言，都是无关重要的：反正他就是幸福的。

2016 年 11 月 30 日　星期三　GMT+1　19:44
Universität Sankt Gallen, St. Gallen, 圣加仑 , 瑞士
−1℃ Clear

今天上行为经济学的课。其中讲到一个与传统经济学假设不同的心理现象，就是人们普遍认为自己拥有的东西的价值比自己没有拥有的东西的价值高。比如一个马克杯，自己愿意出 10 元钱买，但可能会愿意按 15 元卖。这个现象对科斯定理有很重要的影响。科斯定理说只要界定产权，有一个交易机制，就能实现效率，而且产权给谁完全不影响。但行为经济学的决策模型表明，主体对于买卖的心理价位是不同的。

对一个熟知的理论的反面思考一向是很有意思的。总说是要有批判思维，这种补充就是很开阔视野的例子。还比如前段时间林毅夫教授和张维迎教授的产业政策辩论，林的观点就是我们学习的传统经济学框架，张的观点是说传统框架有缺陷，补充了哈耶克的企业家精神，反面分析了一下新古典经济学，就很有启发性。

2016 年 12 月 1 日　星期四　GMT+1　23:32

摘录《人生的智慧》：

我们在这里讨论的真理，即幸福源自于人的内在，被亚里士多德的真知灼见所引证（《伦理学》）。他说：每一快乐都是以人从事某种活动，或者应用人的某种能力作为前提：没有这一前提，快乐也就无从谈起。亚里士多德的教导——即人的幸福全在于无拘束地施展人的突出才能——与斯托拜阿斯对逍遥派伦理学的描述如出一辙。斯托拜阿斯说："幸福就是发挥、应用我们的技巧，并取得期待的效果。"他特别说明他所用的古希腊字词指的是每一种需要运用技巧和造诣的活动。

一个具有丰富内在的人对于外在世界确实别无他求，除了这一具有否定性质的礼物——闲暇。他需要闲暇去培养和发展自己的精神才能，享受自己的内在财富。他的要求只是在自己的一生中，每天每时都可以成为自己。当一个人注定要把自己的精神印记留给整个人类，那么，对这个人就只有一种幸福或者一种不幸可言——那就是，能够完美发掘、修养和发挥自己的才能，得以完成自己的杰作。否则，如果受到阻挠而不能这样做，那就是他的不幸了。除此之外，其他别的东西对于他来说都是无关重要的。因此，我们看到各个时代的伟大精神人物都把闲暇视为最可宝贵的东西：因为闲暇之于每个人的价值是和这个人自身的价值对等的。"幸福好像就等同于闲暇"，亚里士多德这样说过。狄奥根尼斯告诉我们："苏格拉底珍视闲暇甚于一切"。与这些说法不谋而合的是，亚里士多德把探究哲学的生活称为最幸福的生活。他在《政治学》里所说的话也跟我们的讨论相关联：他说："能够不受阻碍地培养、发挥一个人的突出才能，不管这种才能是什么，是为真正的幸福。"歌德在《威廉·迈斯特》中的说法也与此相同："谁要是生来就具备、生来就注定要发挥某种才能，那他就会在发挥这种才能中找到最美好的人生。"但拥有闲暇不仅对于人们的惯常命运是陌生的、稀有的，对于人们的惯常天性而言也是如此，因为人的天然命运就是他必须花费时间去获得他本人以及他的家人赖以生存的东西。

点评：这里说了两个观点，一个是发挥自己的禀赋，另一个是掌握闲暇的用途，都对增进幸福有帮助。

2016 年 12 月 2 日　星期五　GMT+1　18:03

Sint-Katelijneplein 1-9, 布鲁塞尔, 布鲁塞尔首都区, 比利时

7℃ Mostly Cloudy

　　今天早上坐 6 点的火车到达德国科隆。出了火车站, 天还完全是黑的, 下着毛毛细雨, 温度在 0℃ 左右, 有些冷。科隆的景点全在火车站周围, 一出来抬头就是大教堂。在来之前听说科隆大教堂很壮观, 夜幕下刚一看确实不错。但再仔细品味, 觉得如果和各地知名的各种教堂比较, 科隆教堂在占地面积和高度上并不是第一。据说第二次世界大战期间, 盟军空袭科隆, 除了这个教堂外, 火车站和索桥均被炸毁。这个教堂在夜幕下显得格外庄严, 大理石黑白相间。

　　科隆索桥在大教堂旁边。我们先在河边看了看, 见天气阴沉等不到日出, 便走上索桥。桥上两侧密密麻麻挂满了同心锁, 也是一道风景。在科隆没有更多景点, 但市中心很繁华, 商店很多。我们找了家星巴克取暖, 等到 10 点商店开门逛了逛, 之后 11 点搭车前往布鲁塞尔。

布鲁塞尔是比利时的首都。

到了布鲁塞尔先找到酒店放了行李，之后第一站去了漫画博物馆。比利时是一个漫画的国度，著名的《蓝精灵》和我小时候很喜欢的《丁丁历险记》都是比利时漫画家的作品。如果仔细想一想，漫画对于一个民族的性格塑造是有影响的，一个崇尚愉悦绘画的地方是很有生机的。

之后去了于连的铜像，就摆在街口不起眼的地方，若不是围满了游客，可能很难注意到。

布鲁塞尔最值得看的是晚上 5 点到 10 点的教堂灯光秀。布鲁塞尔大广场已经摆上了一棵巨型圣诞树，当 5 点的钟声敲响，偌大的广场响起了有律动的当地流行音乐，灯光闪现在教堂和四周的中世纪建筑上。灯光秀有三点令人惊奇的地方：第一是和音乐的旋律强弱很合拍，灯光颜色的变化正好是音乐节奏的起伏；第二是每一处小灯之间闪烁的时间配合极为巧妙，像是有一簇巨大的聚光灯在教堂的幕布上起舞；第三是把古典和现代元素结合得如此巧妙，教堂这时候更像是一个童话故事中的城堡，比早上的科隆教堂随和、可爱许多。

过了晚上7点，商店都关门了，但整个街道却热闹起来。欧洲各地圣诞节前夕都有圣诞集市，布鲁塞尔的圣诞集市很有节日气氛。各个街道上，都有圣诞装饰的彩灯和售卖各种小商品、食品的木房子。我们最喜欢的是当地的热葡萄酒，酒精含量不高，但喝下去很暖，在这种冬天的温度下很舒服，也增加了节日的喜庆气氛。觉得欧洲人对待圣诞极像中国人对待春节，一片喜气洋洋的，都在冬日里有一种火红的期盼，有对来年的憧憬和期待。

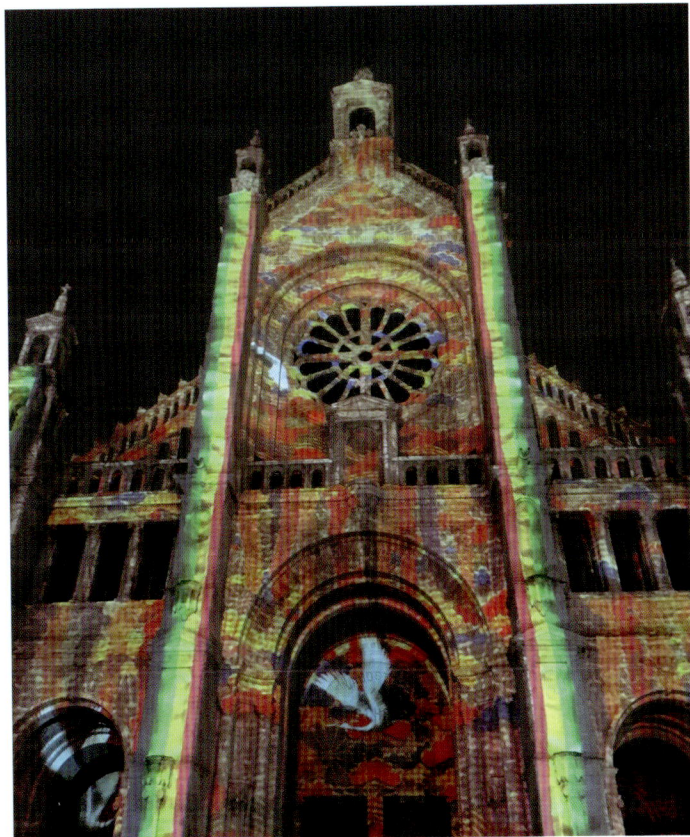

2016 年 12 月 3 日　星期六　GMT+1　15:11

马克特，布鲁日，西佛兰德省，比利时

6℃ Partly Cloudy

　　今天早上从布鲁塞尔出发，中午到达布鲁日。布鲁日在比利时的最西边，靠海。布鲁日最大的特点是中世纪的建筑风格保存得很完好，整个小城市都是联合国世界文化遗产。从火车站出来看到四周都是红砖砌成的房子，我们往圣母教堂的方向走，误打误撞进了毕加索的画作博物馆。博物馆对毕加索的介绍很多，了解了一下，他 1881 年出生在西班牙，8 岁开始第一次画画，20 岁到巴黎留学，平生创作了 50000 多幅作品。毕加索对于绘画的贡献主要在于 Cubism 的流派，强调把对象的各个元素解构。这个博物馆有毕加索 300 多件作品，有的作品能觉得画得不错，但大多数作品不能欣赏到哪里好。要是将来听几节艺术鉴赏课，或许能了解一些鉴赏画作的基本观点，可能会重新审视这些画作。

　　中午吃了饺子、兰州拉面，价格比中国贵，也没有中国好吃。有点怀念羊肉胡萝卜和韭菜虾仁馅儿的饺子。

　　下午到达布鲁日的中心区域，也就是市场广场，有和火车站附近完全不同的景象。广场的四周是各色的中世纪教堂、木屋、大理石建筑、商店，有与皋尔根码头相近的彩色房子，房子上挂着红色的彩带迎接圣诞。广场中央是一个小型滑冰场，四周都装饰着圣诞彩树的小灯，很多父母带着孩子一起游玩。中央剩下的空当填进了四五十个圣诞集市的木头房子，卖各种小吃和米酒。这里也是摩肩接踵，很有节日气氛。比利时之前给我的印象是个欧洲僻静的小国家，但这两天在布鲁塞尔和布鲁日圣诞集市上见到的人数和北京王府井、西单一些商业街不相上下。一个文化总有一个特定的节日留给人们团聚的温暖和期盼，可能这是圣诞节在欧洲人心中的地位，这种喜悦的气氛也感染了不属于欧洲文化的游客们。我们买了一些小吃和热酒，溜溜达达走在广场中。下午两三点，正值太阳温暖、明亮，天空蔚蓝，天气清爽，这种自然天气和人文特色

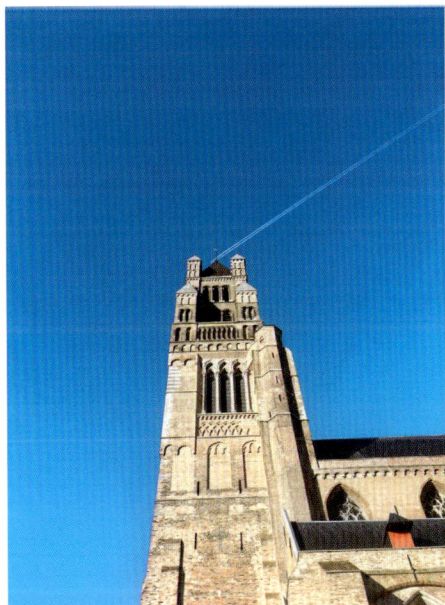

给了我们在比利时很好的回忆。

下午5点从比利时出发，坐车4个多小时，于晚10点到达德国曼海姆。

2016 年 12 月 3 日　星期六　GMT+1　19:38

摘录《人生的智慧》：

因此，健康对于我们的舒适是最重要的，其次就是维持生存的手段，亦即不带操劳的收入。荣誉、地位、名声——尽管这些被很多人视为价值非凡——却不能够和关键性的好处相提并论，或者取代它们；在必要的时候，为了前两项的好处，我们应该不容置疑地放弃这第三项好处。因此原因，认识下面这一朴素道理，会对增进我们的幸福大有益处：每一个人首先是并且实际上确实是寄居在自身的皮囊里，他并不是活在他人的见解之中；因此，我们现实的个人状况——这种状况受到健康、性情、能力、收入、女人、孩子、朋友、居住地点等诸因素的决定性的影响——对于我们的幸福的重要性百倍于别人对我们的随心所欲的看法。与此相反的错误见解只会造成我们的不幸。如果有人大声疾呼"名誉高于生命"，这其实就等于说，"人的生存和安适是无足轻重的，他人如何看待我们才是首要的问题"。这无论如何都是一个夸张的说法，这一说法赖以成立的基础是这样一个简单的道理：要在这人世间安身立命，名誉——即他人对我们的看法——对于我们经常是绝对必需的。关于这一点我会回头作进一步的讨论。但我们看到：几乎所有的人毕生不息地奋斗，历经千难万险，最终的目标就是让别人对自己刮目相看。人们拼命追逐官位、头衔、勋章，还有财富，其首要目的都是为了获取别人对自己更大的敬意，甚至人们掌握科学、艺术，也是从根本上出于同样的目的。所有这些都只不过令人遗憾地向我们显示了人类的愚蠢已经达到多么厉害的程度。把别人的意见和看法看得太过重要是人们常犯的错误。这一错误或许根植于我们的本性；或者，它伴随着社会和文明的步子而产生。不管怎么样，它对我们的行为和事业都产生了超乎常规的影响并损害了我们的幸福。具体的例子林林总总：从惊恐、奴性地顾忌"别人将会怎么说呢？"一直到古罗马护民官维吉尼斯剑插女儿的心脏这一极端的例子。一些人为了身后的荣誉，不惜牺牲个人的财富、安宁、健康，甚至生命。这一错误给那些要统治人或者驾驭人的人提供了一个便利手段。所以，在各种训练人的手法当中，加强和培养荣誉感的做法占据了首要的位置。但对于我们的幸福——这是我们的目的——荣誉感却是完全的另一码事。我反倒要提醒人们不要太过于看重别人对自己的看法。但日常经验告诉我们，大多数人还是把别人对自己的看法视为头等的重要，他们关注别人的看法更甚于关注那些活动在自己头脑意识里面、因而与自身有着更加直接关联的事情。这样，他们把自然的秩序本末倒置，别人的看法好像就是他们的存在的现实部分，而自己意识中的内容则反倒成了自己存在的理念部分；他们把派生的和次要的东西看作首要的事情。他们在别人头脑中的形象比起自己的本质存在更令他们牵肠挂肚。

很明显，要增进我们的幸福——它主要依赖我们平和与满足的心情——再没有比限制和减弱人的这种冲动更好的办法了。我们要把它限制在一个理智的、可以说得过去的程度——这或许只是现在的程度的五十分之一而已。能做到这一点，那我们也就把这永远作痛的荆刺从我们的肉里拔了出来。不过要做到这一点是很困难的：因为这与我们某种天然的、与生俱来的反常本性有关。"名声是智者们最后才放弃的东西"——塔西佗如是说。要杜绝这种普遍的愚蠢做法，唯一的办法就是明确认识到这种做法的愚蠢。为此目的，我们必须清楚：人们头脑里面的认识和见解，绝大部分都是虚假荒唐和黑白颠倒的。因此，这些见解本身并不值得我们重视。此外，在大多数情况下，别人的看法对我们不会造成真正的影响。再进一步说，别人的意见一般都不是悦耳动听的，谁要是听到别人背后说他的话，还有说话的那种语气，那他几乎肯定会非常生气。最后，我们要知道：甚至名誉本身所具有的价值也只是间接而非直接的。当我们终于成功地摒弃了这一普遍的愚蠢做法，那我们内心的安宁和愉快就会增加。同样，我们的举止和态度会变得更加自信、踏实，更加真实和自然。隐居生活之所以对于我们的心绪宁静有一种特别良好的影响，其主要原因就在于我们不用生活在别人的视线里。这样，我们就用不着时刻担心别人对我们会有这样或者那样的看法，我们也就得以恢复真我。

2016 年 12 月 4 日　星期日　GMT+1　16:12
Werrgasse 5, 海德堡, 巴登—符腾堡, 德国
1℃ Clear

今早从曼海姆坐火车到达海德堡。海德堡气温很低，先在火车站里吃了早餐，之后步行到海德堡城堡的山下乘坐缆车。缆车一路到达山顶，这里有修长的针叶林，时而有阳光从林叶间穿过来，不仅是光束，更带来暖意。

由于山顶实在是冷，我们很快乘坐缆车下山到了城堡的高度。这个城堡比较有特点的是红色的外墙，还有断壁残垣，估计有一定历史了。城堡里面有雕刻的塑像，矗立在圆拱的建筑的周围。最开心的是看到城堡有卖圣诞集市上的热葡萄酒，喝一点热酒，寒意很快就消去了。

　　下山后找了一家店吃德国的肘子。倒有点像第一次在慕尼黑吃的，量很足，价格公道。吃饱了溜溜达达走到老桥，看了看湖那边正待日落的阳光。在海德堡虽然景点不多，但我们全程都是步行，对城市大街小巷的游览比较多，觉得这种小城还是温馨的。能够守着一条宁静的河道，有着一所历史上不错的大学，能让人谈起这座城时就有一点关于哲学的联想，这也许就是海德堡吸引我们的地方。

　　跨过湖就到了哲学家小径，据说在德语里哲学家和学生是相近的词，所以命名这座小径的并不是某个哲学家，而是在海德堡大学上学的学生。但黑格尔等哲学家都曾来过海德堡讲学，倒也确实走过这条小径。这条路的两边都是石墙，有一人高，墙上有些青苔。在这条路上漫步，左右的风景都被墙挡住了，所以比较容易专注思考问题。说是小径，其实有两公里长，我们走了不到一半就往回返了。晚上坐车回到圣加仑。

旅欧游学杂记

2016 年 12 月 6 日　星期二　GMT+1　19:29
Universität Sankt Gallen, St. Gallen, 圣加仑, 瑞士
1℃ Fog

　　最近在看《小别离》，觉得现实生活题材的电视剧很吸引人，也能引发一些思考。

　　历史课今天讨论未来的物品，先让我们想一个趋势，再说说这个趋势的影响，最后是有什么物品是反这个趋势而行的。这种思考链条很有意思，我们分小组都在课堂上说了自己的想法。

　　财报课昨天用课上学的知识做了小组作业。在彭博查的数据，觉得课上讲的和实际操作还是有很大不同，比如具体公司哪些会计科目能够归到特定门类就不太清楚，最终花了很大力气才把数据调整齐了。

2016 年 12 月 7 日　星期三　GMT+1　12:00
Thalerstrasse 4, Rorschacherberg, 圣加仑 , 瑞士
0℃ Cloudy

周三上了行为经济学课。课上讨论了不确定性的偏好问题，内容比较多。

2016 年 12 月 8 日　星期四　GMT+1　12:00
Thalerstrasse 4-5, Rorschacherberg, 圣加仑 , 瑞士
0℃ Mist and Fog

　　周四上午上了战略管理课。课上请了 ALDI 瑞士的 CEO 来讲，很新颖的是说超市结算的方式演进，最新推出的模式是不用排队结算，直接拿了物品就走，使用的是目前和无人驾驶汽车一样的技术，由传感设备、摄像头和计算机深度学习得知客户从货架购买了什么商品，并从客户的亚马逊账户扣费。这个中国还没有，倒是很先进。

　　下午理了发，写了财会的作业。之后睡了一觉，一直到晚上 10 点多，就继续睡了。

2016 年 12 月 9 日　星期五　GMT+1　16:49
Thalerstrasse 4-5, Rorschacherberg, 圣加仑 , 瑞士
1℃ Mostly Sunny

　　今天复习财报分析。看了第 8、第 9 章的课本，觉得返回头来看，明白了之前一些不懂的部分，也很有效率。明天按计划复习第 10、第 11、第 12 章，后天看一看经济学。下周是最后一周课，睡眠要充分。

2016 年 12 月 10 日　星期六　GMT+1　22:19
Thalerstrasse 4-5, Rorschacherberg, 圣加仑，瑞士
0℃ Freezing Fog

　　今天完成了财会第 10 课的学习，以及行为经济学第 2、第 4 课的复习，看了行为经济学第二次作业。明天的定额是完成行为经济学第一次作业，看完财会第 11 章。

　　晚上打了太极拳。希望能在晚上 11 点之前休息。

　　摘录《人生的智慧》：

　　毕达哥拉斯总结出来的规律与我在这里向诸位提出的建议不谋而合：一个人在晚上睡觉前，应该详细地逐一检查自己在白天的所作所为。如果一个人耽于世俗事务或者纵情于感官享受，对过去了的事情不加回想，而只是随波逐流地生活，那么，他对生活就欠缺清晰、周密的思考，情感就会杂乱无章，思想也夹杂着某种程度的混乱不清。这些都可以从这个人说出的短小、破碎、突厄的词句看得出来。外在的骚动越厉害、外在给予的印象越多，人的精神内在活动越小，那出现的这种情形就尤其明显。

　　在此值得一提的是，经过较长的一段时间，或者当事过境迁以后，虽然这些事境当时影响过我们，但我们再也无法唤起和重温当时被这些事境所激发的情绪和感觉；但却可以回想起当时由这些事境所引发的意见和看法。后者是当时的事境的结果和表述，是测量那些事、境的尺度。因此，对那些值得回味时刻的记忆和记录，应该小心保存下来。在这一方面我们的日记会很有帮助。

2016 年 12 月 11 日　星期日　GMT+1　12:00
Thalerstrasse 6, Rorschacherberg, 圣加仑 , 瑞士
2℃ Light Rain

今天做了行为经济学第一次作业，复习了这四节课讲过的几个模型。觉得比起会计和金融的模型，我对经济学模型确实更感兴趣，式子都很简洁，而包含的假设和简图内容很丰富。

晚上看了财报第 11 章的内容。

2016 年 12 月 12 日　星期一　GMT+1　22:45
Thalerstrasse 4-20, Rorschacherberg, 圣加仑 , 瑞士
-2℃ Partly Cloudy

　　今天做了财会第 11 课和第 13 课的习题，并把历史课论文的提纲写完，给老师发了邮件询问意见。早晨打了八段锦，晚上打了太极拳，做了俯卧撑。

　　一会儿有时间想背点单词，睡前冥想一下。今天还是很有效率的。

2016 年 12 月 13 日　星期二　GMT+1　22:52
47.4716° N, 9.50544° E
2℃ Mist and Fog

　　今天上午复习财报课。下午上历史课，这是最后一节课，老师让大家玩一个游戏，随机抽取一个历史物品、一个背景，来说物品对于这个历史趋势的影响，很有趣味性。因为要临场想，对英语组织能力是个考验。这几个月听力应该是有进步，但口语还是有些欠缺。

　　今天打了八段锦、太极拳。下午做了 10 分钟冥想。

　　摘录《人生的智慧》：

　　泰伦斯说过：人生就像一盘掷骰子游戏，掷出的骰子如果不合你的意愿，那你就只能凭借技巧，去改进命运所摊派的骰子。这里，泰伦斯指的应该是类似十五子掷骰子游戏。我们可以说得简约一点：命运洗牌和派牌，而我们则负责出牌。下面的比喻最贴切不过地表达我这里说的意思：人生就像一盘棋局，我们计划好了一套走法，但实施这一套计划的条件却是由棋局中的对弈者——亦即生活中的运气——的意愿所决定。通常，我们对自己的计划要做出大幅度的调整修正，这样，在计划实施的时候，原来的计划已经变得面目全非了。

　　我们在人生历程中所作出的重大举措和迈出的主要步伐，与其说是遵循我们对于何为对错的清楚认识，不如说是遵循某种内在的冲动——我们可以把它称之为本能，它源自我们本质的最深处。

　　我们前半生的最后部分，亦即我们的青年时代，拥有比起我们后半生很多的优势，但是，在这青年时期，困扰我们、造成我们不幸福的是我们对于幸福的追求。我们紧抱着这一个假定：我们可以在生活中寻觅到幸福。我们的希望由此持续不断地落空，而我们的不满情绪也就由此产生。我们梦想得到的模糊不清的幸福在我们面前随心所欲地变换着种种魔幻般的图像，而我们则徒劳无功地追逐这些图像的原型。因此，在青春岁月，无论我们身处何种环境、状况，我们都会对其感到不满，那是因为我们刚刚才开始认识人生的空虚与可怜——在此之前，我们所期盼的生活可是完全另外的一副样子——但我们却把无处不在的人生的空虚与可怜归咎于我们的环境、状况。在青年时候，如果人们能够得到及时的教诲，从而根除这一个错误见解，即认为：我们可以在这世界尽情收获，那么，人们就能获益良多。但是，现实发生的情形却与此恰恰相反。我们在早年主要是通过诗歌、小说，而不是通过现实来认识生活。我们处于旭日初升的青春年华，诗歌、小说所描绘的影像，在我们的眼前闪烁；我们备受渴望的折磨，巴不得看到那些景象成为现实，迫不及待地要去抓住彩虹。年轻人期望他们的一生能像一部趣味盎然的小说。他们的失望也就由此而来。

相比之下，青年时期——在这段时间，一切事物都留下印象，每样事物都生气勃勃地进入我们的意识——也有它的这一优势：这段时间是人们精神思想的孕育期，是精神开始萌芽的春季。在此时期，人们只能对深刻的真实有所直观，但却无法对其作出解释；也就是说，青年人得到的最初认识是一种直接的认识，它通过瞬间的印象而获得。这瞬间的印象必须强烈、鲜活、深刻，才能带来直观认识。所以在获取直观知识方面，一切都取决于我们如何利用我们的青春岁月。在往后的日子里，我们能够对他人，甚至对这世界发挥影响，因为我们自身变得完备和美满了，不再受到印象的左右；但是，这个世界对我们的影响也相对减少。因此，这一段日子是我们做出实事和有所成就的时间，但青年期却是人们对事物进行原始把握和认识的时候。

2016 年 12 月 14 日　星期三　GMT+1　19:41
Thalerstrasse 4-5, Rorschacherberg, 圣加仑 , 瑞士
-1℃ Partly Cloudy

今天上了最后一节行为经济学的课。也就剩最后几天了，订个复习计划：

周三：行为经济学复习第 4 章，写完历史课 6 个物品。

周四：复习行为经济学第二次作业、第 3、第 5 章。复习战略管理。

周五：复习战略管理。

周六：复习历史课。复习财会第 12 章。

周日：复习财会。

2016 年 12 月 15 日 星期四 GMT+1 12:00

Thalerstrasse 4-5, Rorschacherberg, 圣加仑 , 瑞士

2℃ Cloudy

上午上了战略管理课，得知期末考题会是两道论述题，大概是从每节课要求阅读的哈佛商业评论文章中找一些自己有见解的观点，然后套用在出题的公司上，说 80% 靠思考，20% 靠写，不要求全面，只要求观点比较深刻。

于是中午赶紧把那些要读的文章打印下来，一共将近 10 篇，每篇 10~20 页，感觉都读的话读不细致，于是挑了五六篇。有一些文章很有启发，但有的读得比较生硬。比较喜欢的一篇文章是讲如何找到下一个核心业务， 首先说什么情况下要注意去发现新的核心业务，就是在原来的利润池明显缩小和有新市场进入者的情况下。其次说如何做，给的答案是 find hidden assets, which can be untapped customers insights & underexploited capacity。给了个例子，Dometic 是一家采用压缩式制冷的冰箱公司。它生产的冰箱不需要联结电源，所以很适合在小型游艇和房车（RV）上摆放。对于这家公司，它找到的 hidden assets 是对房车市场及用户的洞察和接触。后来这家公司转型做房车的室内设计，包括制冷系统和其他车内控制系统，占据了很大市场份额，较为成功。

还有波特五力模型：

the threat of new entrants: the incumbents are protected by economy of scale in research and customer marketing

the threat of substitute products: price-performance trade-off the bargaining power of buyers: quality affected & differentiation of products

the bargaining power of suppliers: switching cost

rivalry among existing competitors: different dimensions of rivalry

2016 年 12 月 16 日　星期五　GMT+1　22:57
Thalerstrasse 4, Rorschacherberg, 圣加仑 , 瑞士
−1℃ Mist and Fog

　　今天从早上起来就开始复习战略管理，感觉需要复习的时间比料想的多。今天整理了一下答题框架，拿星巴克做例子，回答两个问题：第一是用 SWOT 分析一下当前的局势，第二是提出解决方案。

2016 年 12 月 17 日　星期六　GMT+1　23:25
Thalerstrasse 4-5, Rorschacherberg, 圣加仑，瑞士
-1℃ Mist and Fog

　　现在是周六晚上 11 点，明天就是复习最后一天了，把时间都交给财报课，先做完每课的习题，然后看看期末样题。下周考四天，之后就放假了。

　　交换生活过得算是挺快，已经三个半月了。来交换之前的期待多半是旅游。11 月的小假期和几次周末去了欧洲一些国家和城市，还是很有收获。眼看 2016 年也快过去了，回头看之前的日记，有 2015 年 12 月 31 日的，是对 2016 年的展望。当时是这么写的：

　　"今天是 2015 年最后一天。

　　回顾一下这一年，从大学经历了第一个学期，到大二第一个期末，着实觉得时间过得很快。大学生活将近一半也要过去了。既有对大一的怀念，初入校园的新鲜，又有对大三交换的期盼。总体觉得大学生活自己很满意，没有偏离初心，在朝着想要的方向前进。

　　在此希望 2016 年有如下努力目标：

　　1. 学会自由泳，把游泳或者羽毛球水平提高。

　　2. 学会享受生活，不要给自己施加压力。

　　3. 大三交换如果去欧洲，游历 5 个以上没去过的国家；如果去美国，尽可能多走多体验。

　　4. 逐渐摸索自己的禀赋和兴趣，对未来发展方向有大致思考。"

　　逐一核对这四点目标，觉得基本都实现了。自由泳算是自学的，虽然还不熟练，但比蛙泳游得快了，在深圳的时候计过一次时间，记得是

20 秒或是 25 秒游 25 米。圣加仑没有游泳馆，回北大之后游泳可以恢复了。在欧洲交换这段时间对太极拳、冥想、日记的坚持比之前好，太极拳基本每天打一遍，日记从 9 月 7 日至今一天也没有断过，虽然有一些时候是补记的。出游的时候有一些日记能有感而发，也是很满意的。至于旅游的国家，是远超过 5 个了，回国之前大概能走欧洲 15 个国家。第四个目标其实是今年很多时候在思考的事情，有时候也有些困惑。不过，"牢骚太盛防肠断，风物长宜放眼量。莫道昆明池水浅，观鱼胜过富春江。"

2016 年 12 月 18 日　星期日　GMT+1　23:36
47.4715° N, 9.50524° E
3℃ Mostly Cloudy

今天复习财报，从头到尾过了一遍。晚上打了太极拳。

凌晨的时候下了第一场雪，之前没有任何征兆。从窗户往外看时，真可以用鹅毛大雪来形容，感觉北京好久没有下过这么大的雪了。也快过圣诞节了，这算是营造一点节日的氛围吧。

2016 年 12 月 19 日　星期一　GMT+1　12:00
Thalerstrasse 4-5, Rorschacherberg, 圣加仑 , 瑞士
3℃ Sunny

今天是考试的第一天。下午考了财报，虽然没有完全复习上，但考完的感觉比期中要好一些。晚上是 matlab 最后一次课，展示了小组的编程。我们做的是一个道琼斯指数的项目，从写程序里还学到不少东西。

晚上过了一遍历史课的内容。

2016 年 12 月 20 日　星期二　GMT+1　19:52
Thalerstrasse 4-5, Rorschacherberg, 圣加仑 , 瑞士
1℃ Mostly Cloudy

　　今天是历史课的考试。问的题细节很多，由于文章没有都读过，选择题有一些不确定。考完之后跟老师聊了几句，说很喜欢上他讲的历史课，他也说很高兴能教我们。这个教授算是和学生互动最多的，也是最客气友善的。

　　晚上买了超市的鸡腿吃。继续复习经济学。

2016 年 12 月 21 日　星期三　GMT+1　20:30

Thalerstrasse 4-5, Rorschacherberg, 圣加仑 , 瑞士

0℃ Mist and Fog

今天考完了行为经济学，题目覆盖的内容倒是都复习到了，但时间有点紧，不知道有没有计算上的问题。今晚复习最后一门考试，是战略管理。想把戴尔、星巴克、Cisco 的案例看熟，之后看一个小组案例，都按照之前的模板准备，想一想环境的分析，想一想核心竞争力在哪儿。

星巴克

Away-from-store Coffee：

1. instant coffee: huge market & delivering service

2. coffee machine：understanding of customers & acquired CEC.

戴尔

Direct Model:

1. disk drive: don't always listen to established customers, listen to the future!

2. future is computing customized: computer being the center of personal digital device.

2016 年 12 月 22 日　星期四　GMT+1　13:21
48.4449° N, 8.69431° E

　　今天考完了最后一门战略管理。问的案例是戴尔，之前准备过，应该问题不大。考完之后去圣加仑转了转。一直在圣加仑上学，但从没有游玩过。离城市不远就是圣加仑最古老的图书馆和教堂。图书馆很像英国丘吉尔庄园的书房，装饰很华丽，书籍很有年代感。圣加仑的教堂在宽度、纵深、雕刻的精细程度上都远高于普通教堂，可以称得上是一处优质的景点。下午从家出发去德国斯图加特，明天买完东西回罗尔沙赫。

　　刚考完试肯定希望放松一下，下了几盘棋，打了游戏，在来的火车上便觉得时光难以消磨，又并不想立刻做一些与学习相关的事。这时候突然想到，叔本华说人生徘徊在无聊和辛劳的两极里，实在是很贴切。

245

他说人生唯一有意义的时间是闲暇，人如何利用闲暇是决定人精神生活和幸福与否的依据。天才利用闲暇的时光进行各种层次的创造活动，尽情展现其禀赋，而其他人只会想办法打发闲暇。所以最幸福的一类人是本身极具天才而又出身贵族的人，因为他们的物质财富使其不至耗费大量时间从事生计劳动且陷入辛劳，而又不必忍受无聊。人如果能利用闲暇做一些真正感兴趣的事情，那么生活的质量会有提高。

在快回去的几天里，还应开始逐渐恢复英语的定额练习，每天坚持背 50 个单词，听听力。最近要把历史课论文写完。

2016 年 12 月 23 日　星期五　GMT+1　21:56
Bahnhof 1, 林道 , 巴伐利亚 , 德国
4℃ Cloudy

　　今天和同学去打折村购物，晚上顺路去德国林道吃了牛排，喝了点酒，菜肴很可口，算是庆祝圣诞节了。然后回到圣加仑。

2016 年 12 月 24 日　星期六　GMT+1　19:48
Thalerstrasse 4-5, Rorschacherberg, 圣加仑 , 瑞士
7℃ Cloudy

　　今天是圣诞节。睡到了自然醒，中午看了一些娱乐节目，下午 5 点多房东把圣诞树挂上了装饰和彩灯，邀我们共进晚餐。房东把灯关了，点上蜡烛，放上圣诞歌曲，很有节日气氛。大家围坐在桌子周围，先每人喝了一杯甜酒，之后上了奶酪火锅。吃法是把土豆、蔬菜、黄桃、梨等食材涮在奶酪火锅里，裹上一层。我比较喜欢的是黄桃，但其他食材也都能接受。大家一边吃一边聊天，吃了两个多小时。之后房东给我们每人一个包装好的圣诞礼物，是一个瑞士的小手电。

　　他们过圣诞相当于中国人过新年，也是家庭团聚的节日氛围，各家都是张灯结彩，但没有什么烟花和节目演出。快离开瑞士前体验了一下当地过圣诞的习俗，还是很有意思的。

2016 年 12 月 25 日　星期日　GMT+1　17:47
47.7994° N, 13.0405° E

　　今天早晨 7 点从瑞士出发，中午 12 点到达奥地利萨尔斯堡。萨尔斯堡是莫扎特的故乡，也是《音乐之声》电影的拍摄地。

　　吃完饭先去了米拉贝尔庄园，景点排名很靠前，但是有些名不副实，庄园就是由雕塑和绿地组成的。这个景点只看了 10 分钟就前往莫扎特故居了。

　　莫扎特故居有两个地方：一个是他们家住过的房子，一个是他的出生地，相隔大概 1 千米。故居里有一些关于莫扎特的介绍，有这样几点比较有意思：一是莫扎特的祖孙三代都是音乐家，他的父亲是有名的宫廷乐师，从小注重对莫扎特的培养，曾经说："你的音乐天赋就像贵族的金银珠宝一样，是你的财富。除非打烂你的脑袋，谁都夺不走这样的财富。"他的儿子也有一些作品，但被认为并非是一个有才华的音乐家。二是莫扎特一生三分之一的时间都是在各地巡回演出，在捷克、德国、瑞士、奥地利、匈牙利的时间最长。

之后去了萨尔斯堡宫殿。皇宫的格局和各地相同，不一样的是这里的一些房间会用立体音响播放音乐，其中一个大型会客厅播放的是拉德斯基进行曲，还有人们拍手打节拍的声音和喝彩声，仿佛看到了这里宴请宾客的恢弘场面。在皇宫里听这首进行曲有不一样的感动，这是在音乐会上欣赏交响乐所感受不到的，由此想到音乐也是一种人化，对音乐的欣赏和观赏者所处的情境是相连的。

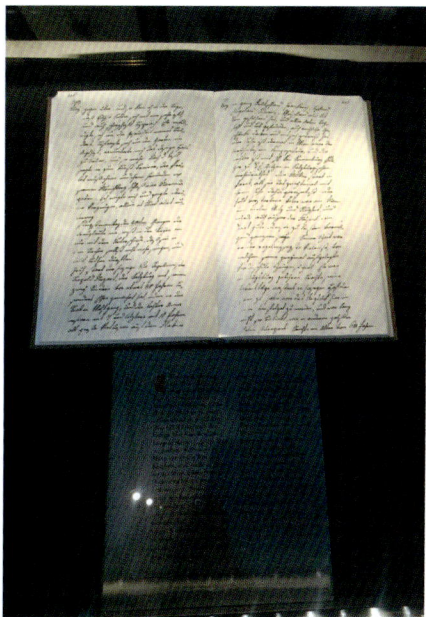

晚上到了萨尔斯堡要塞。这是个依山而建的城堡，内部是大炮和一些古代军事设施，并不稀奇。但从要塞俯瞰下去景色不错。萨尔斯堡四周有雪山环绕，古堡下面的城镇灯火通明，夜景有一丝古朴和现代交融的意味。下山后又喝了一杯热果酒，听着徐徐传来的圣诞歌曲，慢悠悠地走到了火车站。晚上 9 点到达维也纳。

2016 年 12 月 26 日　星期一　GMT+1　15:19
48.2078° N, 16.3657° E

　　昨晚到了维也纳。因为之前来过，重复的景点不想再走一遍，所以约好下午汇合的时间，就和同学分开逛了。自己旅游的好处是旅游规划很自由，而且途中一个人的思考可以很多，但缺点是行程需要事先计划得比较周密。早晨从宾馆先坐车到了中央火车站存好行李，之后徒步到了今天的第一站——美景宫。

　　美景宫以前是皇家宫殿，周围是两大片草坪和喷泉，其中有模仿圆明园的十二兽首雕塑，但在现代的功用是国家美术馆，而除了建筑自身和园林的特色外可供欣赏的都是画作。它分为上宫和下宫两个部分。我先去的上美景宫。这几个月来欧洲转了不少美术馆，也很多次都在想鉴赏绘画作品的问题，希望回国后涉猎一点这方面的书籍。在美术馆"看

画"不如说"格画"，像看竹子一样，是一个希望通过停留、观赏领略到更多内容的过程。竹子不稀有，但有人说这些竹子好，还放到美景宫的精美橱窗里，收取十多块钱的门票，便会想一想到底好在哪里。想到王阳明说理在每个人心中，心中自有一个圣人，大概是说人的认识范畴里总有深层次的一部分很相似，很相通（类似于康德说理性存在者共通的理性），但在对具体事情的认识上总会有所不同：即使是世界名作也会有时褒贬不一，也未必每个人都能真切看出评论家指出的美。那么每个人对于美的感受和美的标准是符合的吗？鉴赏家的主流评论和美的标准是符合的吗？

上宫的镇馆之宝是 Gustav Klimt 的作品《Kiss》，它的独特之处是用金箔制成，整幅画的色彩、花纹很特别。近处看能看到黄金像是粉刷的油漆，有几点不经意点在画面的边缘，而并不破坏整体的美感。黄金制品给人一种特殊的享受，先声夺人，这种奢华也渗透进了画面中。它的创新之处可能也在于，绘画作品塑造人物形象不只是从色彩和轮廓，还有材质这一个维度。

从上宫出来到下宫要经过一片草坪和花园，其间看到很多迎面过来的跑步者。旧时王家园林现在可以变作市民健身晨跑的公园，多有一种"旧时王谢堂前燕，飞入寻常百姓家"之感，也是文明的进步。

下宫的游览有不一样的体会。先去了被命名为"中世纪珍宝"的展区，这些死板、呆滞、毫无新意的中世纪油画，却给了我很大启发：人们虽然对于美的正面界定各有不同，但对于什么不美却很是统一：人们厌倦千篇一律的形式和内容。之后去了一个现代艺术的临时展厅，画作只是抽象艺术独有的带颜色的线条，还把作品的主题叫做"飞"。本来对抽象艺术没有感觉，但有了中世纪作品的对比，就觉得这些线条留了极大的想象空间，欣赏起来比宗教题材的画作有趣很多。这么说来"有趣"可能是艺术的一个标准。所谓"有趣"就是至少在一个方面有新意，可圈可点，有评头论足的空间，而不能落入俗套。

下宫也有绘画展。在美景宫全程都不让拍照，会有专人值班提醒。但禁止拍照也未必是坏事，使人欣赏作品的时候更加仔细、更加留恋，想让画作在脑中的印象停留得久些。而且也发现个人会对具有某种特质的画作格外欣赏，比如我很喜欢有金黄颜色的朝阳或是落日，刚好看到一幅画是金色的阳光洒落在雅典神庙的大理石柱上，背景是海滨精致的针叶树林和三三两两的安详的雅典城邦居民。宛如看到了历史一瞬的回眸，美不可言。

午饭后想去自然博物馆逛逛。维也纳的自然博物馆和艺术史博物馆正好是对门，10月份来维也纳的时候去过艺术史博物馆，感觉不会走错，于是就很自然地买了票。等到走进博物馆抬头一看，是熟悉的罗马士兵浮雕，心中暗叫不好，一问果然又来到了艺术史博物馆。票钱不能白花，于是故地重游，温习一下两个月前来这里的感受。其实这种经历也挺难得，发现过了两个月，当初花了时间仔细看的作品还是一眼就能认出来。当然大部分画作印象不深。之前感慨的是艺术史博物馆的建筑很有特点，

还引申到形式与内容的关系，而这次最深切的感受是每个画室中央的沙发。这些沙发非常干净、舒适，坐在沙发上，可以非常放松地欣赏画作，也是在鼓励游人不要太匆匆地行走，可以一边歇脚，一边欣赏。

我最喜欢找一个舒适的座位一边休息、一边思考，于是躺在沙发看画的时候，想到了几个问题：一是关于实践。如果说格竹只是用眼睛看，不易得出其中的理，那"亲自尝一尝梨子的滋味"就是实践了吗？只用眼睛看得不到画的"理"，能摸一摸、涂一涂就能认识得到其中的美感了吗？我的理解是，实践不在于动用了多少感官，甚至不在于物质性地改变对象的状态，关键在于主观"见之于"客观，需要找到一个方式让规律以某种形式体现。敲击竹子得到轻灵的回响，实践不在于物质性的敲击，不在于动用了听觉得到了回响，而在于通过这种方式，竹节中空的客观性质被表现出来，见之于物理世界的回应。这样的实践对于艺术鉴赏是否适用？在没有物理规律的艺术领域如何体现主客观关系？二是关于直观和概念。"思维无内容则空，直观无概念则盲"，那么鉴赏艺术的原理是概念，艺术作品是内容，是直观，而想要得到关于画作鉴赏的认识，两者都是必要的。心学在这点的认识上有所不同，似乎认为内容是从属的，说"心外无理"、"理在心中"，理不在画中，而是在画外，得到了这种通史性的理，那么万事万物具体的理就有了。心学更强调深层次的认识能力是先于经验的，而挖掘这种能力的方法不是加法（用各种方法训练理性能力，比如数学），而是减法，把"人欲"的部分去掉，留下的是精纯的"天理"。三是看到画室墙上装饰的浮雕和浮雕下面的画，发现这是两种不同的美。浮雕是有序的，呈规整的几何对称；而画的美在于无序。所以看到石雕，想到的是精密，是在作品中凝结的时间；而画作看到的是天赋，是创造力。

之后走到对门的自然博物馆，看到展品有些失望。都是一些动物的标本和岩石。虽然我觉得无趣，但也看到周围有人聚精会神、饶有兴致

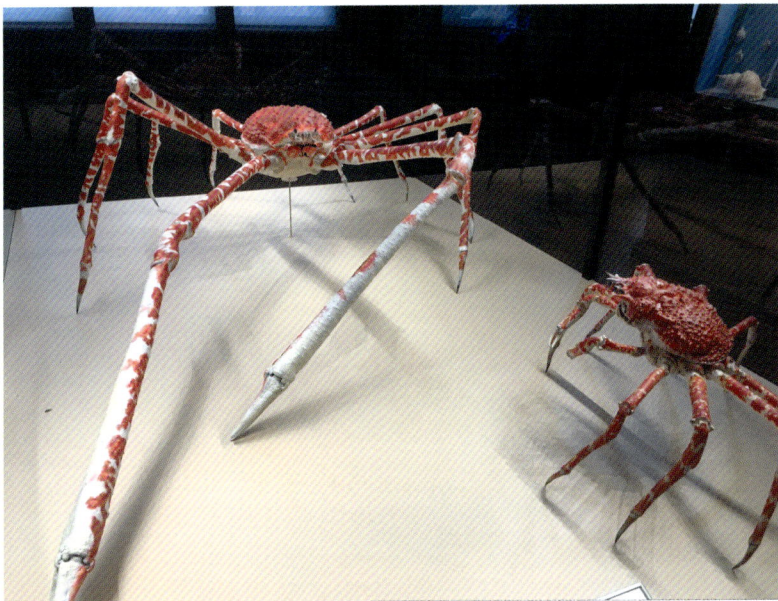

地观看展品，不禁觉得兴趣是人独特性的体现。最近的思考越发觉得兴趣、性格是人最深层次的禀赋，无论多么羡慕所看到的他人展现出的兴趣、性格，都不要徒然模仿、改变，而是要从现有的出发，寻求增进、改善的可能。

下一站是霍夫堡，这是皇室成员冬天的居所（夏天在美泉宫）。套票有银器博物馆、茜茜公主博物馆、霍夫堡宫殿。看银器博物馆的感受是，即使是金银制成的盘子、餐具，它本身也与铜制的并无二样，关键还看雕刻。

比较增长知识的是茜茜公主博物馆的参观。茜茜公主即伊丽莎白皇后，是奥匈帝国皇帝的妻子，生活在 19~20 世纪。她因为并没有皇室血统，成为皇后之后面临很多压力。为了缓解压力，她有一些自己的办法，这也是她最与众不同之处：一是注重运动，最喜欢骑马、游泳与数小时疾走；二是饮食很杂，喜欢尝试各种食材；三是热衷于写诗，请老师为她讲解荷马史诗；四是非常热爱旅行，尤其喜欢海上旅行，接触大风大浪，亲近自然元素。她对旅行的见解是，"之所以值得一去，是因为不会一生停留在这个地方，否则天堂也是地狱"。而她的死亡也和旅行有关。她在瑞士日内瓦旅行时，行程泄密，在下马车时被刺杀。

霍夫堡宫殿有几间是茜茜公主的房间，比较醒目的是房间有木制的吊环和健身器械，相当于一个小型的健身房。这在各种皇宫里是从没有见过的。

下午 5 点到达火车站，晚上 9 点到达捷克布拉格。

2016 年 12 月 27 日　星期二　GMT+1　10:35
温萨拉斯广场，布拉格，捷克
5℃ Mostly Cloudy

　　今天在布拉格逛。布拉格的感觉有点像布鲁日，是一座历史建筑保存比较完好的城市。原因是第二次世界大战时和德军差距悬殊，多次放弃大规模的流血抵抗，所以炮火的损毁较少。这种古城风格的城市一般都是旅游胜地，布拉格被誉为"欧洲最美首都"。但我个人而言比较喜欢一座城市具有鉴赏价值很高的几个景点，而并不钟爱所谓"处处是景"的城市，所以尽管房东太太屡次跟我们说斯德哥尔摩、布拉格、卑尔根这三座城市本身多么漂亮，我还是更喜欢巴塞罗那这样的城市——它只需要有一座圣家堂就足以胜过成百上千条铺着古砖的街道。

今天去了泰恩教堂、老城广场、老市政厅、布拉格天文钟、查理大桥，这些景点基本都挨着，半天就逛完了。前四个景点围成了一片方形区域，中间有巨大的圣诞树，周围自然是圣诞集市。欧洲这些小城市逛多了就觉得多有雷同，推荐的景点也都是教堂、市场、铁桥，比如查理大桥就和梵蒂冈的圣天使桥很像，全是雕刻的塑像，但查理大桥的塑像雕得更多一点，人物比例也更大一些。老城广场和布鲁日的"市场广场"很像，若是回到中世纪，站在同样的广场上，周围的建筑应该也不会陌生，只是圣诞集市和行人大概会变成川流的马车，塔楼的报时钟声回荡得会更加悠长，而日子也会过得更慢些吧。

中午吃了当地的羊排。欧洲各地还不错的餐馆做牛羊肉都处理得挺到位，肉质很嫩，但酱料一般吃不惯。

晚上打八段锦、太极拳。

2016 年 12 月 28 日　星期三　GMT+1　17:36
伏尔塔瓦河 , 克鲁姆洛夫 , 南部波西米亚地区 , 捷克
5℃ Mostly Cloudy

　　今天在捷克南部的小镇布杰约维采，一般称为 CB 小镇，是一座典型的中世纪风格的老城，也因为是百威啤酒的原产地而闻名。这里的小型建筑均是彩色的，而且相邻的房子总是不同的颜色，不知是政府在城市规划时卓有见地，还是居民粉刷自己屋子的时候乐于参考周围的住宅，总之是呈现一片和谐的美感。但略有遗憾的是天气不晴朗，房屋的色彩没有蓝天的映衬，显得有点阴沉。

　　下午 4 点从布杰约维采出发，5 点到达克鲁姆洛夫。

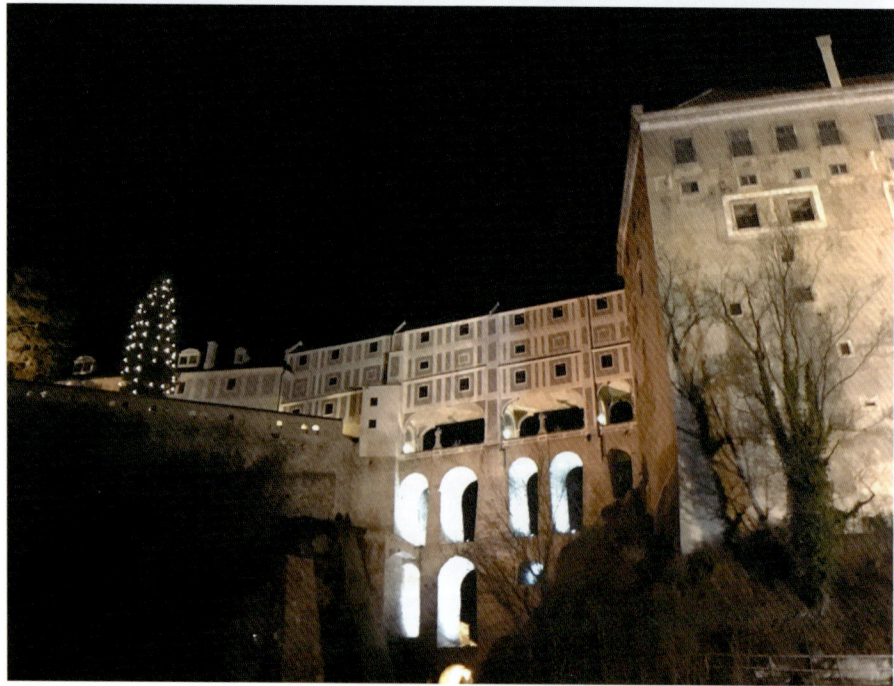

2016 年 12 月 29 日　星期四　GMT+1　12:57
třída Míru 1, 克鲁姆洛夫 , 南部波西米亚地区 , 捷克
0℃ Mostly Cloudy

今天在捷克著名的 CK 小镇（即克鲁姆洛夫）。本以为捷克的城市都大同小异，布拉格和布杰约维采也无非都是彩色的房子，但这个小镇却给人很大惊喜。如果捷克只来一站，那么 CK 小镇绝对是首选。它胜在一条平静、清澈、蜿蜒的河流。今天天气极佳，走在古镇旁的公园，看到整齐的草坪上薄薄一层白雪，雪地中央的树上仍有暗红色的叶子；而小溪对岸是东欧风情的城堡和一排鲜艳的房子，它们的倒影不偏不倚地映在水面上，在斑斓的阳光下呈现印象派画中的光和影。有平静的水、好看的阳光，房屋的色彩显得格外迷人。早上游客也少，空旷的公园让人觉得格外清新。这个时候会觉得人对于外界物质的需求可以如此之少——阳光、草坪、湖泊就足以让人陶醉，而这样的景致和欣赏这样景致的审美能力都是丝毫不会减损的。"惟江上之清风，与山间之明月，耳得之而为声，目遇之而成色，取之无禁，用之不竭，是造物者之无尽藏也"。

中午坐火车返回圣加仑。

2016 年 12 月 29 日　星期四　GMT+1　15:06
48.602° N, 14.4215° E
0℃ Mostly Cloudy

现在是在捷克返回圣加仑的火车上，一共要开 10 个小时。捷克是这三个半月旅行的最后一站，明天收拾行李，后天就飞回北京了。所以单独写一篇日记作为这次交换的小结。

先总结一下旅游方面。9 月 7 日飞到圣加仑，先利用开学前的时间，在瑞士转了一圈，之后利用周末和假期旅游的国家依次是德国、奥地利、匈牙利、意大利、梵蒂冈、挪威、芬兰、瑞典、西班牙、葡萄牙、法国、比利时、捷克，一共 14 个国家。游玩过的（逛过主要景点）城市有：

瑞士：圣加仑、卢塞恩、伯尔尼、茵特拉根、日内瓦、采尔马特、卢加诺、洛迦诺、贝林佐纳

德国：林道、慕尼黑、海德堡、科隆

奥地利：维也纳、萨尔斯堡

匈牙利：布达佩斯

意大利：佛罗伦萨、比萨、罗马

梵蒂冈

挪威：奥斯陆、弗洛姆、卑尔根、特罗姆瑟

芬兰：赫尔辛基

瑞典：斯德哥尔摩

西班牙：巴塞罗那、马德里

葡萄牙：里斯本

法国：巴黎

比利时：布鲁塞尔、布鲁日

捷克：布拉格、布杰约维采、克鲁姆洛夫

一共 35 个城市。全程旅行有 6 次，加在一起是 45 天，其中 11 月份的小假期旅游连续时间最长，有 16 天。平均每个城市旅游的时间是一天半，待的时间最长的城市是巴黎（3 天），在布达佩斯停留的时间最短（5 个小时）。

这里面我最喜欢的地方是挪威的特罗姆瑟和西班牙的巴塞罗那。除此之外，瑞士的茵特拉根、卢加诺，德国的慕尼黑，意大利的佛罗伦萨、罗马，挪威的弗洛姆，葡萄牙的里斯本和捷克的克鲁姆洛夫也各有特色。但是也有的城市乏善可陈，包括挪威的奥斯陆、芬兰的赫尔辛基、瑞典的斯德哥尔摩和德国的科隆。

在学习方面，一共报了 5 门课，分别是财报分析、matlab 编程基础、17objects 历史课、行为经济学和战略管理。和专业最相关的是行为经济学，涉及的知识点比较多；比较实用的是 matlab 和财报分析。历史课讲得比较有趣，而战略管理虽是圣加仑最有名的课，但觉得课上讲得有些空洞，倒是期末复习时读的一些案例更加有用。在英语方面，授课内容的听讲没有实质性的障碍，但同学提问和老师回答会有一些听不懂。若是上课有准备的发言，口语没有什么障碍，但临场组织语言还是有些困难，有时候不能充分表达所想。所以英语水平可以完成课程所需，但和流利表达自己所想还有距离。有时候觉得回答问题若是用中文可以讲得很深入，但用英文只能点到为止，举例比较难。最明显的感觉是新加坡学生的口音普遍不如中国学生，但表达很流利，能把他们想的说清楚，这样就没有沟通障碍。

在生活方面，最重要的进步是学会了做菜。比较拿手的是炖牛肉和鸡蛋饼，其他的像猪肉、鸡肉、鱼肉的各种做法自己都尝试过，大多数比较成功。做不太好的是煎猪排和牛排，要么火候大，要么比较生。还有一次尝试猪肉饼，但和面出了问题，馅儿也不好吃，最后倒掉了，之后也没怎么尝试面食。这几个月运动的项目主要是打太极拳、八段锦，坚持得比较好，所以最近几天打拳时明显感觉平衡感和柔韧性比之前有提升。而运动强度更高的游泳、羽毛球都没有找到场馆。倒是乒乓球桌和拍子到处都有，在学校或者旅行途中的青旅打过几次。还有就是走路很多，有几次旅游时平均在每天两万步左右。上学时因为每天要爬山，也有一定活动量。中间一度连爬了几周，发现体能有进步，再爬山不会出很多汗了。

最后是一点交换的感受。之前圣诞节和同学在林道吃牛排时也聊到了这个话题，大家普遍的感觉是从原来的环境中抽离出来了一段时间，能有一点脱离这个环境才能有的思考，这是交换的一个收获。大家的思维模式其实一直是比较：大一比成绩，大二不光看成绩，还要比学生会担任的职务，大三比实习，大四比申请的学校哪个好。前两天看别人转的文章，说大学期间的比较其实是高考的一个延伸：高考是试卷，谁拿的分数多谁厉害。等到大学没有这样一个试卷，大家就自己"出题"，规定了这些"考试内容"，还是要从这些比较中找到努力的意义。在国内上学的时候不可避免的就是陷在这种思考模式中，每一天很现实很具体，但看到的不是景观的全貌。

其实有时候想，对于我们高考比较顺利的一批人，最大的好处是什么呢？从现实角度讲当然是一个好的学历。但从心理角度讲可以说是第一次重大自信的树立：人可以试图以多种主观的方式增加自己的信心，但最有效的方式永远是客观的检验，它能让人深信不疑。对于大多数人而言，高考是前十八年最为重要的一次客观检验。光华的学生从这一点上，觉得对自己应试能力的主观判断（进而阐发为智力、禀赋等综合能力的主观判断）和客观是符合的，这就给人确凿的自信和很大的满足感。而这样的财富最大的优势，恰恰在于在今后漫长的人生道路上，他无需再花费主要的时间和精力去不断与他人比较、不断"出题"再自己"做题"，寻找一个作为自信依据的客观佐证，而能把精力花在自我认识上——找到自己各方面能力的边界。这就好比我们下一个定义，需要明确的内核与外沿来精确地把握中间的范围。人的自我认知也是这样，一方面是扩大"内核"，知道自己能做成哪些事情，发现自己的禀赋和能力；另一方面也要知道自己的"外沿"，了解自己哪方面有局限，哪方面有困难，以扬长避短。似乎一个人需要兼具"好学生"和"坏学生"的身份，才能帮助他更好地成长——通过前者获得自信，通过后者获得自识。有时候成熟的心态不是通过比较证明自己各方面是"好学生"，而是很坦然地接受自己只在一些方面很擅长，而在另一些方面不擅长。大多数人争去做"好学生"，不断做"好学生"，所以只能获得一个局部的自我认知：他们知道自己的优势，却不知道自己的比较优势，而不知道自己的局限往往就不能清晰地认识自己真正的禀赋。

一段时间之后反过来看，人生最大的幸运和幸福可能是对自己期许的主观与客观的符合：视野狭隘、期望较少的人反而最容易获得幸福。当然，期待甚多但或是由于运气、或是由于自身某些才华，使客观的反馈符合较高预期的人也是幸福的。而期望很少、所得很多的人和期望很高、所得较少的人大多数是痛苦的。前者因为获得了过多不属于他的东西，心为其所累；而后者是大多数人的状态：他们主观上对自己期许甚高，并且不断努力加强这样的认知，但客观上却被一次次挫折、失败所打击，似乎表明他们并不像主观认为的那样。这种客观结果带来的自我怀疑是一次全新认识的开始。一个人越乐于比较，越在主观和客观中挣扎，就往往会发现越来越多自身改变不了的东西。这些改变不了的东西包括自己的兴趣、性格、能力、爱好以及禀赋。获取幸福的方法不在于调低预期，而在于一个转换，自己寻找另一个获得预期的道路，这条道路是独特的，是和这些不能改变的东西紧密相连的。

说到底，还是要走自己的路。走最符合自己禀赋、最契合自己本质性格、兴趣的路。既不要盲从大家相互比较的路，在不属于自己擅长的领域忍受客观结果的打磨，也不要违抗自己的宿命、运命、使命。最终做到接受自我的独特性，充分发挥自我的长处。

回到家快半夜 12 点了，上山的路街灯点点，没有其他行人。想到刚来罗尔沙赫时看到博登湖的欣喜，仿佛还在眼前。临行前天气比刚来时更冷了，但瑞士安详、宁静的生活气氛始终凝在清新的空气与静谧的白雪里。

2016 年 12 月 30 日　星期五　GMT+1　23:43

Thalerstrasse 4, Rorschacherberg, 圣加仑 , 瑞士

　　今天上午去市政厅办了手续，下午去德瑞边境办了退税，吃了午饭。晚上房东一家跟我们一起喝了点酒聊聊天。东西已经都打包好，明天早晨启程飞回北京。

2016 年 12 月 31 日　星期六　GMT+1　12:00

今天从罗尔沙赫出发，早晨告别了房东夫妇。中午 12 点的飞机，到达北京是早晨 5 点。飞机上有广播祝大家新年快乐。交换结束也给 2016 年画上了句号。新的一年也要坚持写日记。